读给孩子的故乡与童年

李劼人

与

成 都

李劼人 著
李怡 主编

朝华出版社
BLOSSOM PRESS

总序：我们生命的原乡

原乡，就是指我们祖先居住的、未曾迁移过的地方。事实上，今天的人们已经不大可能"未曾迁移"，要么是随我们最近的父辈，要么就是我们自己——其实，从小到大，我们总是在迁徙，出生、读书、工作……几乎没有人能够较长时间地停留在我们出生的土地上。这是时代匆匆的步伐，这是命运云谲波诡的节奏，这是自我主动被动的选择。

所以，"原乡"的意义对每个人都十分重要。所以，"故乡"的影像、"童年"的记忆总是那么亲切，那么意味深长，那么值得"美化"。所以，在这个工业化、商业化不断发展的时代，"乡愁"也愈加深沉、醇厚起来。

然而，乡愁究竟是什么呢？是简单的"怀旧"吗？是对现实的拒绝吗？是小资的抒情吗？或许，连我们自己也说不清、道不明吧。那么，我们不妨回望那些现当代文学史上的智者，看看类似的体验如何流转于他们的内心，又如何释放为生动的抒怀。

乡愁是什么？或许对李劼人来说，就是武侯祠那里的一份豆花、一碗抄手；对老舍来说，只是一句要说而说不出的"我真爱北平"；对沈从文来说，则是"用鸡笼去罾捕水田中的肥大鲤鱼鲫鱼"，"抽稻草心织小篓小篮，剥桐木皮作卷筒哨子，用小竹子作唢呐"；在萧红那里，乡愁是"祖父戴一个大草帽，我戴一个小草帽，祖父栽花，我就栽花，祖父拔草，我就拔草"；在汪曾祺那里，乡愁许是"我对异乡人称道高邮鸭蛋，是不大高兴的，好像我们那穷地方就出鸭蛋似的！不过高邮的咸鸭蛋，确实是好"；在赵丽宏的回忆中，乡愁是崇明岛的芦苇与小螃蟹，是南京路上的照相馆，也是香山路上的那片梧桐树……

　　同样是故乡，同样是童年，却如此异彩纷呈，其实每个人都有自己独特的"原乡"形态，此原乡与彼原乡，绝不只是时间与空间的差异，更是精神结构、精神追求的分歧。更重要的可能还在于，在这些饱经风霜的文学智者那里，所谓"乡愁"并不是我们想象的清浅单一的怀旧，其中充满了思索，凝聚着沉痛，渗透的是理性的反思与批判。这样的回味，这样的抒情，真的沉甸甸！当然，也有深情的纠缠，但纠缠的却已经不是一己的私欲，而是那种博大厚实的文化情怀与生命意识。

　　"读给孩子的故乡与童年"丛书，是对现当代作家的故乡与童年的巡礼，是对"望得见山、看得见水、记得住乡愁"的诠释。它以现当代作家关于故乡与童年的小说、散文为基础，围绕"逝去的故乡"与"大师的童年"选篇择目，以入选的各篇目的初版面貌为底本，用心编辑。为了保留作品的原汁原味，对与当前编校规范不相符，但体现了当时语言风格和作者遣词造句偏好的一些地方，如"的、地、得"不分、"做"和"作"不分、"那"和"哪"不分、"么"和"吗"不分、"分"和"份"不分、"玩"和"顽"不分、"什么"写作"甚么"、"合适"写作"合式"、"玩意"写作"玩艺"等，未作修改。丛书紧扣新课标中小学语文的学习目标予以释读、指导，撰写导读文字的都是高校的青年博士，他们悉心解读，所撰写的细腻、隽永的文字，引导我们步入精神的原乡，值得我们珍藏。

李　怡

2017 年 10 月于北京师范大学励耘居

自序：李劼人自传

　　我出生后，家中人口计有：一位曾祖母，于一九一一年去世，得年九十四岁；一位姨曾祖母，于一九〇六年病故，约得年六十以上；一位祖母，于一九一六年病故，得年七十三岁；一位叔祖父，系姨曾祖母所生，于一九〇五年病故，得年四十岁，虽娶了妻，却无子女，其妻亦早死。

　　我三岁时，父亲就被一位在江西省做官的亲戚聘到江西去办文牍，父亲也就留在江西，靠笔墨和行医为生活。到我九岁，父亲以他所积得的几百两银子，捐了一个典史指分江西候补。即在这年，我便随同母亲去到江西省会南昌。母亲是带病去的，一到即病，三个月后起床，而右腿竟然废了，从此不能行走。我六岁在成都外家发蒙读书，到江西去时，已将《四书》读完，正读《诗经》《书经》《礼记》等书。父亲因为捐官，把积蓄用完，母亲与我又去到江西，母亲又重病几月，所以我在南昌的一年，过得异常穷困，连我的衣服都进当铺。

　　要不是后来开了客吏馆，父亲每月考上优等得奖，我们几乎饿饭。记得父亲得了一个小差事，携同家属到抚州府东乡县去时，全家行囊只有两挑，而一挑是书。东乡县约住一年，父亲又调到抚州府的知府衙门任收发差事，同时兼了新创办的医学堂监督，薪资收入每月有三十多两银子，生活比较宽舒。我也才进到临川县的官立小学堂乙班读书，读了两年，抚州开办印刷局，父亲又送我去学排字工。

　　才三个月，父亲就得病死了，父亲得年四十一岁。我才十四岁，父亲死时家里只余两块洋钱，一切棺殓，幸由那时抚州府知府、四川人王乃徵帮助。父亲死后，一切事情当然落在我的头上。冒着酷暑，步行一百八十华里到南昌，找同乡，找亲戚，四处发信求援。

累了几个月，亲戚的援助来了，方得搭了一只米船，偕同病母，扶着父亲灵柩，由抚州河岸启行。不幸又在九江遇风，米船触礁，除了人和灵柩救起外，所有行李和父亲积存的许多书籍，全部损失。又得家在湖北的亲戚帮助，才又搭乘轮船到宜昌，改乘木船，一直回到成都。

这时，家里只有曾祖母、祖母和病母三代寡妇，而我哩，又无兄弟姊妹、诸姑伯叔，真正算是一个独丁。全家生活只依赖曾祖父教书、行医所积的三百两银子和祖母娘家帮助她的二百两银子，共五百两银子，放在一个商号生息，每月收息金五两六钱。不久，我又设法把我家多年未制作的一种极有效验的朱砂保赤丸的方子找出来，由祖母制作出售，不到三个月居然卖开，每月有七八元钱的净利。这不但把必需生活费用解决，甚至还节余出来，把曾祖母身后所需的东西作了些添补，那时她已年过九十了。

湖北亲戚每年帮助我五十元钱的学费，因此我才能考进四川高等学堂附属中学堂去读书，那时我已十六岁了。这时中学是旧制五年毕业，读中学时就喜欢看《民报》《神州日报》《民呼报》《民立报》等；师长中间又有几位同盟会人，如监督刘士志先生，英文教师杨沧白先生，平时肯亲近他们，所受影响甚大。同学中有王光祈，有曾琦，有郭开贞（即郭沫若），有周朗轩（即周太玄），有魏嗣銮，有蒙尔达（即蒙文通），有张煦，还有一些现在在工业方面有成就的人，相互之间也有一些影响。

……

一九五六年一月五日亲笔自传

目录

第一辑

作为土生土长的"川娃子"，李劫人跟成都有着割舍不断的联系。这一辑选录了他的两部短篇小说，故事情节可能是虚构的，但其中的情感无疑是真挚的，无论是讲上私塾的经历，还是讲"丘八大爷"的从军生活，归根结底都是在讲成都。

《儿时影》是一篇纪实性很强的小说，以孩童的视角来观察周遭的世界，从中可以窥探到李劫人小时候以及当时成都儿童的求学情况和童真心态。小说主人公虎儿先由舅舅开蒙，后来被送进学堂。学堂的"蛮子老师"暴躁、易怒，学生稍有差错就会被毛竹板子、杂木戒尺轮番伺候，情节严重的还要罚跪。学生们整天担惊受怕，对学习也心生厌恶。为了逃学，主人公虎儿宁愿生病，有一次重病三个月，痊愈后竟然希望再得几次这样的大病。这部小说充溢着童真童趣，读起来很有味道。

《兵大伯陈振武的月谱》先用"序言"解释这篇小说的写作缘由，然后以日记体的形式讲述了陈老三的从军经历，颇具趣味性。陈老三因家乡闹饥荒而外逃，偶然成为一名"丘八大爷"，还得到一个新名字——"陈振武"。很多人都抱怨军营生活太苦，长年卖苦力的陈老三却感到非常满足，"就打死我，我也不愿意逃走啊"。这篇小说以诙谐幽默、略带讽刺的口吻描述了成都在战乱时代的社会景象，揭露出劳苦大众的生活苦难。

尽管这两篇小说里都含有对现实的揶揄和反思，但是理性的思考中又有作者对成都的深深的眷恋，这种眷恋不仅体现在他对儿童生活的书写上，也表现在他对现实社会的描述里。

儿时影

其一

啊呀，打五更了！急忙睁眼一看，纸窗上已微微有些白色，心想尚早尚早，隔壁灵官庙里还不曾打早钟！再睡一刻尚不为迟，复把眼皮合上。朦胧之间，忽又惊醒，再举眼向窗纸一看，觉得比适才又光明了许多，果然天已大明！接着灵官庙里钟声已铿铿嗒嗒敲了起来，檐角上的麻雀也吱吱咯咯闹个不了。妈妈在床上醒了，便唤着我道："虎儿，虎儿，是时候了快点起来，上学去罢！"

我到此时真不能再捱，只得哼了一声，强勉坐起，握着小拳，在两只睡不醒的眼皮上，揉了几揉。但那眼珠子仍觉得酸溜溜，涩沽沽，十分难过，又打了两个呵欠，才把床沿上放的衣服抓起来披起，心里便想，几时哪天永不明亮，岂不好长长的睡一个饱觉，不然便把那学堂里的老师一齐死尽，也免得天才见亮就闹着人去上早学。心里虽是如此想，手里却仍忙着穿衣服，缚鞋鞾，诸事齐备，登的一声跳下床来。妈妈又模模糊糊的说道："虎儿，你还不曾走么？不早了，快点快点！莫要久耽搁，恐老师发怒，条桌左边抽屉里，有四个铜钱，拿去吃汤元去！"

我一听吃汤元，不觉精神一爽，连忙将钱取了，把一个小书包挟在腋下，说声"妈妈我去了！"开门出来，晨风冷冷，地上宿露，犹滋润未干；两旁铺店，尚都关闭严紧。一条坦坦荡荡的长街，除我一个上早学的小学生外，寂寂静静绝无第二个行人踪迹。走到街口，在一家大公馆门前便有一个卖汤元的张么哥，正把担子挑来，烧了一锅开水，一见我来，便笑道："小学生好勤学，恁早就上学了！明年科场，怕不抢个大顶子戴到头上？"

　　我听了只好一笑，把书包放在凳上。张幺哥便舀了一碗炅^①热的汤元给我，吹着吃毕，用衣袖把嘴抹了，将四个铜钱，锵的一声掷在张幺哥的竹钱筒内，挟了书包，几跳几跳，便跳进学堂。掀门一看，老师尚未起来，只见众同学的桌凳，七高八矮，七长八短，七歪八倒，纵横一地。地上鼻涕痰唾的痕迹，斑斑点点，犹如花绣一般；几扇零零落落的窗棂格子也脱了，纸也破了，老师终年终月，兀坐窗下，从不肯稍稍收拾一次。略一瞻顾，随着轻轻的走到自己的桌前，歪着头，鼓着腮，把桌上的灰尘吹净，又把书包拂了两拂，取出书本，方要诵读，心里忽一转念，为时尚早，莫把老师惊醒，再顽一刻儿罢！于是又轻轻跳下座来，又着手一想：如何顽呢？忽掉头见同学桌上积的灰尘，比自己桌上的还厚，便想了一个妙法，走到桌前，伸出一个指头便去灰尘上画了无数减笔老鼠，也有立的，也有跑的，这张桌上画毕，又到那张桌上去画。正画得入神，忽见桌上又伸出一个细长指头，把我画的一个没尾巴老鼠，忽添了一根绝长的尾巴。我大吃一骇，连忙抬头一看，原来也是一个小学生，在同学中年龄比我还轻，平常最爱哭泣，老师又是最恨他，无论他读的书背得背不得，讲得讲不得，一日之间，他那手掌同屁股，总得与老师的毛竹板子亲热几次。自他进学堂以来，便不曾欢喜过一天，终日都在号哭，久而久之，习与性成，那眼泪鼻涕，倒同他一刻不离了。众同学都代他起了一个别号，叫做"哭生"。他也居之不疑，每每提起一支大笔，壁上、墙上、桌上、书上，到处都写些"哭生"两字。当下我一见是他，便握着他的手，低低笑道："你今晨又不曾赶过我？"

　　哭生皱着眉头低声应道：

　　"我倒不想来赶早学，我只想怎的一天长成了大人，我爸爸送我去

――――――
　　① 炅：读炯（jiǒng），光明，热，冒烟。

学手艺，永世不进这牢门，那就好了！"

我道："何必哩！你读了书，以后入学中举，岂不好吗？却甘愿去学手艺！"

哭生摇着头说道："莫说入学中举那些虚话，我只求今天那毛竹板子不尝我的肉味，就万……"尚未说毕，歔的一声，眼泪汪汪，早滴了一桌子，把一个才画的长尾巴老鼠，也淹化了。

我连忙将衣袖伸去，替他擦了泪珠，劝道：

"你也太柔懦了！快不要哭，我教你一个避打的法子罢！你回去把那粗草纸，取得四五张，叠成两片宽宽的纸版，用细麻绳拴在裤子里。纵说老师的毛竹板子力量重，有一层草纸隔着，究竟轻些。"哭生仍摇头说道："枉然枉然！你这方法，只能避得屁股上的痛楚，那手掌上，还是避不了的。"

我低头一想，也是道理。正欲再替他想个方法，猛听见地板上砰砰訇訇响了几声，原来两个十七八岁的大学生，挺胸扬臂，大踏步走了进来，一个忽然说道："噫！又是你两个早来！怎不读书，却鬼鬼祟祟的嚼些什么？"

我道："稀奇！要你来管我们吗？"

他两个笑了一笑，也不多说，翻开书本便商颂曰、秦誓曰[①]的乱喊起来。这一下，早把老师惊醒了。只听见床钩一响，接着咳嗽吐痰，闹了一阵，房门一启，老师早已披了一件油污烟渍，其臭难当的蓝呢夹衫，脚下趿了一双云头夫子鞋，走到教案之前，打了几个大呵欠，方才坐下，在抽屉中取出一副白铜宽边大近视眼镜，擦了两擦，往鼻子梁上一架，慢慢举头把天光一望，忽然大发雷霆的说道：

"怎迟了，怎还不曾来齐！读书人三更灯火、五更鸡，举人进士，

①　商颂：《诗经》篇名，三颂之一。秦誓：《书经》篇名。

岂是晏起迟眠做得到的？"

老师这几句训辞，本非新制，每隔两三日，总须按本宣科的说一次。我们已经听得厌了，也不在意。只是老师人本瘦小，弯腰驼背，自显得斯文尔雅。至于脸上，更是一张粗黑油皮，包了几块凸凹不平的顽骨，再架上一副大眼镜，早把一张不到三寸的瘦脸，遮了大半；头上发辫，乱蓬蓬堆起半尺多高，又黄又燥，恰如十王殿上泥塑小鬼的头发一般。老师讲毕训辞，未到半刻，许多同学都陆续来到。登时一间屋里，人喊马嘶，十分闹热起来，接着背熟书的背熟书，上生书的上生书。我与哭生，今晨都在上生书之列，我们两人，又都是读的《下孟》。

我先捧书上前，递到案上。老师把书拖去，提起笔来，先把句读圈点了，然后将书移到我的面前，哑着声音念道："孟子曰：有布缕之征，粟米之征，力役之征，君子用其一，缓其二，用其二而民有殍，用其三而父子离。"顿了一顿，又念道："孟子曰：诸侯之宝三，土地、人民、政事，宝珠玉者，殃必及身。"

我用一根指头，指在书上，一面跟着老师声音念去，一面偷眼去看老师，见老师正伸手在衣领上捉住了一个大肥虱子，递到鼻尖上去赏顽。我不觉一阵恶心，口里便顿住了。

老师登时怒气满脸，伸手把我脸皮一拧道："心到哪里去了？"随又抓起一柄尺许长的木戒尺，嘣一声便打在我脑袋上。

当时我又急又怕，又觉脑壳上火烧火痛，不由的两行痛泪，纷纷流下。老师尚大声叱道："你还敢哭吗？"又把戒尺举了起来。我急急忍着痛楚，抹了眼泪。幸而老师待我尚有几分慈悲心肠，因我妈妈望我读书有成，时常备些点心菜肴，叫我送给老师，所以老师才不再打，只把手向书上一指道："自己念！"

我连忙捧着书，一字一字念了一遍，幸未有错，这才平平安安回到自己桌位。在我之后，上生书的，就是哭生。只见他捧着书本，愁眉泪眼，战战兢兢挨到教案之前，老师瞪了他一眼，早把他骇得面如土色。但今晨甚是奇怪，老师虽恨了他一眼，却不曾打他一下。他转身之时，恰与我打个照面，把舌头伸了两伸，眉梢眼角，微微有点喜色。哭生面有喜色，在我眼里只见过三次：头一次，是他生日，在老师面前，偶然说出，老师大变成法，居然赏了他一天假期，我见他笑过一次；第二次，是他在书本内，忽翻得一张外国图画，我并不知是谁人夹在他书本中的，图背还写了几个红字，是"可爱哉此儿"！他一见了，如得珍宝，放声一笑。我问他究竟是谁的，他总不说出。这次之后，直到今晨，虽未曾笑，也算他展过一次眉头。我们生书上了两段后老师便放了早学，众学生都回家吃饭。我出得门时，哭生已经走远，因他不与我同路，我便独自回去。此时街上铺店，都已开张，路上行人，熙来攘往，迥不似清晨那番寂寞光景了。张幺哥汤元卖毕，已经回去改卖别种东西去了。妈妈待我吃饭方毕，便急急催我去上学。我算老师此时，正在吃饭，老师饭后，尚须吃烟出恭①，耽搁很久。我便挟着书包，躲到灵官庙里，去看那些烧香敬神的妈妈姐姐们，许久许久，方才跑进学堂。早饭后的功课，第一就是背诵熟书。我的熟书是：《三字经》《千字文》《诗品》②《孝经》《龙文鞭影》③《大学》《中庸》《论语》《孟子》，还不算多。哭生比我多读一部《幼学琼林》④，一部《地球韵言》。我背诵之后，就是他了。他因今晨不曾挨打，便胆大了些，将书本送上教案，一不留心，刚把老师一个千钉万补的百衲碎瓷茶壶，微微碰了一下，登时老师拼着破竹片喉

①出恭：在明代，考场考生入厕，必携"出恭入敬"的牌子。此习在旧私塾中一直相沿到五四运动后才被革掉，俗称解便为"出恭"。

②《诗品》：南朝梁锺嵘著。原名《诗评》，专论五言诗，选择从汉到梁的一些诗人，分别评为上、中、下三品。

③《龙文鞭影》：一种启蒙读本。先为明代肖良友所编《蒙养故事》，后经杨臣诤增订为上下两卷，改名《龙文鞭影》；李晖吉等又编二篇，两卷。各篇都是四言韵文，内容包括自然知识、历史典故等。"龙文"良马名，"见鞭则疾驰，不俟驱策"，比喻受教育者自觉而迅速掌握知识。

④《幼学琼林》：一种启蒙读本，清程允开著《幼学须知》，后经邹圣脉增补，改为现名。文为骈体，内容包括自然、社会、历史、伦理等知识。

咙，哇喇喇大叫一声，一举手早把哭生一大堆书本，蝴蝶闪翅般掷了一地，然后一把将他一个小髻儿，抓了过去，早在教案侧摸出一根二尺来长、七八分宽、四五分厚的毛竹板子，雨点似的只顾向哭生肩背股腿之间，抽来抽去。哭生也是一个怪孩子，每每挨打，只把两手抱着脑袋，拼命的号哭，也不求饶，也不躲闪，直待老师手腕软了，方才放下。哭生哭着，弓下腰去，满地里把书本拾起，仍然清理整齐，重新捧到教案上去，眼泪汪汪，候着老师看了，方好背诵。老师是时正把茶壶捧到鼻尖上去，细细察验，见未碰坏，方缓缓放下，举眼去看哭生，见他泪流满面，两只手隔着衣裤，摸索伤痕。老师大恨一声道：

"你也算是一个人了，不知你前世是那片蛮山上的一条野狗！看着我做啥？不快背书，还想讨打吗？"

哭生这才转过面去，带着泣声，把书一本一本都背过了，幸无差错，老师这才从轻发落，叱回座去写字。接着，又一个学生上去背书，却又生又错，老师气极了，重重的责了那学生两下手掌。只因那学生也同我一样，时常有些东西送来孝敬老师，所以老师也另眼相看。当下背书皆毕，老师吩咐写字，大家磨起墨来。我与哭生两人尚在模写核桃大小的大字，每日只写八十字，故不久都写毕了，交到老师教案上去。

正在此时，忽见老师一位朋友，弯腰曲背，手上比着六字形，脚下踏着八字式，摇摇摆摆，走进学堂，唤道："三兄，尚未毕事么？能否到香泉居①吃碗茶去？"

老师一见，连忙除了眼镜，站起来让座道："大兄有此雅兴，敢不奉陪！但请稍坐，待与顽徒们出个诗题。便可偕去。"

原来此人是老师第一个好朋友，每每邀着老师出去吃茶饮酒，或是赌博、看戏，只须他来，老师必要出去一次。老师出去，至少总有一

① 香泉居：早年成都一家大茶馆，在中北打金街与锦江街口之间。

两个钟头的闲暇，所以我们一见他来了，大家的精神都为之一爽。当下老师写了一纸诗题，是他们大学生的，又写了一纸对子，是我们小学生的。写毕，放在案上道：

"题纸在此，我回来时，都要交卷。未交的，一百毛竹板子，半个不少！"

老师吩咐后，便同着那位朋友，摇摆着出了学堂。众学生尚不敢擅自离座，大约半刻时候，早见一个最大的学生，哈哈一笑，跳了起来道："你们为什么还不来取题纸，定要等那老东西发给你们吗？"

这人一倡首，那些大的小的，都纷纷的跳了起来，又说又笑，登时把个严冷学堂，闹得一团糟。

我此时也跳下座来，同着众人去抢题纸，却被一个十四岁的学生抢到手上。众人又向他手上去抢，他早跳上教案，站了起来，举着手道："莫闹莫闹，听我宣读！"众人果然不闹，都仰着头看他读道："诗题是'溪水抱村流'，得村字，五言六韵；对子是'千点桃花红似火'。"

我一听了，忙跑到哭生桌旁，见他正提着笔，在一张白纸上写了无数"哭生"二字。我摇着他的肩头，问道："你听见了不曾？"

他抬起头来道："听见了。"

我道："你如何对法？"

哭生把笔一掷道："对对对！今天这一顿，把我打结实了！你摸我左边背上，同这只腿上，无一处不是半分高的板子痕！"

我道："今天倒怪你自己！老师清早并未打你，你为什么要碰着他的茶壶？"

哭生道："那不过一时大意，并不曾把他茶壶碰坏，怎么就这样打我！我再顽劣，究竟是个学生，并非是那犯了王法的偷牛贼！"说着又呜呜的哭了起来。

我道："这些都不说了，且把这对子对起，也好放心顽顽。"

我们两人正说时，旁边一个大学生便插嘴道："谁请我吃二两落花生，我替他对个顶好的？"

我道："不稀罕！这对子并不难，不知哭生对得起不？"

哭生抹了眼泪道："我已经对起了！"便提笔在纸上写了七个字道："两堤杨柳绿如烟。"

我道："很好很好！你已有了，我呢？"

哭生道："这个还不十分好，算我的，我再替你想个好的罢！"

那插嘴的大学生笑道："你不要绷面子了！除了这个，我看你还有什么好的！"

哭生也不回答，只歪着头想了一想道："有了有了，这个送与虎哥哥罢！"于是又写了七个字道："一弯溪水碧于天。"

那大学生，不由叫了起来道："你们快来看！哭生今天一顿打，倒把他心思打出来了！"

众学生果然一轰跑来，都七嘴八舌的夸奖哭生聪明。我便说道："哭生，这如何使得？我用杨柳的一个罢！"

哭生道："你不要怎的？我同老师不知是几世里的冤孽！我纵用了好的，他仍说是不好，倒把这几个字可惜了。我虽用了那一个，我觉得还委屈了他哩！"说着眼圈儿又红了起来。大家都不禁替他黯然，便各个散去。我也只得谢了他一声，便取纸条写上，交到教案上去。不多时，老师回来，时候已经不早，便放了午学。

我回家去时，一路上心想："哭生真真可怜！遇着这个蛮子老师，只好吞声痛哭。我今天即得了他这个好对子，如何酬谢他一下，才对得住他？"想了多时，忽然想得一个妙处，不禁大喜。原来我家街口有个茶铺，近几夜正请了一位说评书的，讲说《水浒传》，我前几夜曾去听来，十分好听。哭生终日抑郁，谅未听过这种好书，不如请他来听一夜，也使他心胸开阔开阔。想得停当，午后进学堂时，读了一首唐诗，放学后，我便约哭生同去听评书。哭生不肯。说他爸爸不能要他夜间在外。我心里一思索，只得同到他的家里，见了他爸爸，把话说明。他爸爸须发都已斑白，眉宇之间，极其严厉，两只圆眼，凶光闪闪，尤为可怕。见我说毕，闭着唇，瞪着眼，沉吟半晌，才道："既然世兄约他同去，也使得。只不到二更，务必叫他回来。"

我忙应允了，挽着哭生，先回到我的家中，见了妈妈，把这番情节说明。我妈妈倒不说什么，只叫早早回来，莫去同下流人交接。临走时，又每人给了十六个铜钱，及到茶铺内，评书已经开场。听了一段"李逵怒打殷天锡，柴进失陷高唐州"，时候不早，哭生便要回去。我也因他爸爸不是个慈父，只得送他回去。一路上，哭生极赞《水浒》这书："怎做得恁好！一字一句，都是人心坎上要说的。假若我们读的书，都这样有趣时，我就打死，也情愿到学堂里去。惜乎我们读的书，一句也讲不得，知道它上面说些什么！老师单叫我们熟读，不知熟读了，究竟中什么用！"说罢，又叹息一声道："今天倒过去了，明天又要上学！我一说起学堂，真如上刀山一般。几时才得离脱这个苦海，就讨口叫化，也是甘心的！"

说到这里，不禁又纷纷泪落。我好容易劝了半天，才把他劝止了时，已经走到他家门外了。哭生掀门进去，我便急急回家，脱衣睡觉。想起明早上学时候，恨不立刻就睡着，偏偏李逵、柴进时时扰人心坎，直到三更过后，方渐渐入梦。不久之间，啊呀一声，又天明了！

其二

中国小儿，每于读书之初，父母之期望，师兄之劝勉，千言万语，总不离做官两字，好似人生一世，除了做官一事外，更无他种高大希望。在从前情形不同，原也是万般事业，皆不如做官，既可作威作福，又可名利双收；对于祖宗，便算光耀；对于父母，便算报答。此外尚落了个妻封子荫，就是在戚党乡里之间，遇事都须占些体面，得些便宜，一举一动无不我是人非。至于肥田广厦，美婢俊仆，那些"居移气、养移体"①的事情，更不必说了。所以惹得人人心羡，倒不稀奇。记得我五六岁时，有一天，大约像是仲春光景，正赶过青羊宫不久，吃了早饭的时候，我爸爸忽把我估量了几眼，便向妈妈说道："虎儿今年又长了一头了，据我看来，已是发蒙读书的时候，你说使得么？"

妈妈道："有啥使不得！小孩子长了五六岁，正该发蒙，我早想与你说说的，因你事情多，哪有空闲时候来教他！故此便不曾说得。你既有了这番意思，看你还是自己教，还是送出去附馆②？"

爸爸道："太小了，还不是附馆的时候。目前我权且自己教着，等他上了路后，再送出去附馆不迟。只是这发蒙一事，还要好生斟酌，我看许多人家，都把此事不很看重，胡乱教孩子认几个字，便算发蒙，不知小儿一生的好歹，都在这发蒙上定轻重。所以我的意思，很想得一个品学兼优，又有功名的老先生，与虎儿发蒙，也好使小孩子后来有个趋向。你看我这番意思何如？"

妈妈笑道："我倒想不到此，既然你如此说来，虎儿的舅舅，倒还合式。大哥的人品学问，不须我说，你是知道的，论功名也是一个举人，虽不曾会进士、殿翰林，也如你时常说的，只欠一步罢了。"

妈妈刚说至此，爸爸连点几个头道："靖哥的为人，倒无啥弹驳处，如此就去费靖哥的心罢！只我这几日事情正多，不能亲身前去，你明天领虎儿回去就是了。"

妈妈道："也要看看历书，择个好日子，倒不论明天后天。"

---

① 见《孟子·十三下》，原文："孟子自范之齐，望见齐王之子，喟然叹曰：'居移气，养移体，大哉居乎！夫非尽人之子与？'"

② 附馆：把孩子送到别人主办的私塾里就学。

爸爸是时已经饭毕，便取出历书翻开一看道："果然明天是个破日，不甚好。后天也不见佳。今天倒宜上学发蒙，只可惜天气太晏了一些，不然倒是一件恰好的事。"

妈妈笑道："这领儿子发蒙，又不是拜生吃喜酒，要恁早做啥！今天日子既好，就今天去罢！你去叫张升买点点心，我收拾一下，就可以去了。"

爸爸道："是的是的，我叫张升办去。"说着爸爸取了水烟袋出房吩咐张升去了。妈妈匆匆把饭吃毕，唤老婆子收了碗筷，对镜子掠了头发，换过一身衣裙，与我也换了一身湖绉夹衫，一双蝴蝶花鞋。我穿了新衣，不禁大乐，张开一张笑口，喜的合不拢来。因我妈妈素来极其俭省，平常所穿的旧布衣裳，大都是破了又补，绽了又缝，非是过年过节，或做客走人户，这身新衣，是不容易穿的。今天忽然穿了起来，真是梦想不到，几乎像平步登天的一般，怎的不心喜难禁哩！不多时，张升办的东西，已经齐备，轿子也来了，妈妈便带着我乘轿过大舅家来。

大舅父母均已亡故，只大舅母尚在，生有三个表哥，五个表姐，都比我年纪大。第三个表哥，小名唤做嵩嵩；第五个表姐，小名唤做韶姐，也有八九岁了，平常与我最好。我才下轿时，两个小朋友喜的跳了起来。韶表姐便来牵我的手道："虎弟，你才来么！今年你去赶过青羊宫不曾？我倒同爸爸去过，多少热闹！多少好顽！有卖花的，有卖竹器的。爸爸与我买了一个多细致的竹丝编的花篮，三姐又做了几朵绫子花装在里面，真是比活的还好看！你喜欢看不？"

我此时怎么不喜欢看哩！拖着韶表姐的手，便向房里跑，道："快去看！快去看！"刚进房门，只见大舅母、大表姐、二表姐、三表姐、四表姐诸人，正陪着妈妈在房里谈天。大舅母见我进来，便笑道："虎儿近来更胖了些。韶韶今天又添了伴了，这才好顽呢！"

大表姐坐在一张藤心春凳上，一把便将我揽到怀里，抱着问道："虎虎！你妈妈正和大舅母商量，要给你发蒙读书，你怕不怕？"我摇着两手道："不怕不怕，我正喜欢呢！"

三表姐也坐过来笑道："你不怕吗？你知道什么叫做发蒙？"

四表姐正挽着我的手便接着说道："我告诉你罢！发蒙是要穿鼻子的！"

我挤着眼睛，伸伸舌头道："莫诳我，大表哥，二表哥都发过蒙的，怎么他们的鼻子还是好的呢？"

正说之间，忽见二表姐哈哈笑道："你们快看，嵩嵩的家当又搬出来了。"

我抬头一看，果然见嵩嵩表哥两手抱了一个尺许长的白木匣，从耳房内笑嘻嘻跳了进来，叫道："老虎，快下来看！我前天又买了四个新灯影，都是穿盔甲的。"

大表姐道："不看不看，快拿开去！"

嵩表哥睁着一双大眼睛道："又不给你看，有你什么相干！"说着，便把木匣放在地板上，又蹲身下去，打开匣盖，一伸手就举了两个灯影起来道："老虎，你快看！……好么？"

我刚要看时，大表姐笑道："偏不看，偏不看！看你怎么样？"抱起我来，便跑向后房来，只听见嵩表哥叫着骂道："龟女子，又不要你看，干你屁事！"接着訇的一声匣盖关了，一阵脚步响，登登登的，便见他又抱着木匣跳了进来，道："你跑得来，难道我跑不进来！"顺手又把木匣放在地上，正去开匣盖时，大表姐又抱着我跑到小厅子上来，道："气死你，今天偏不看你的！"

嵩表哥又抱着木匣赶来道："你这龟女子，不是个好人！"

这次他却不开匣盖了，丢了木匣，便把我一双脚抱住道："老虎，快下来！这一下我看你把他抱到哪里去？"

此时大舅母也在房里唤道："大女莫尽气他了，让他们去顽顽吧！"

大表姐才笑着将我放下地来。嵩表哥的灯影，自然是倾囊倒匣而出。韶表姐也将竹丝编的花篮取了来，又取出一个小皮匣来，中间堆了无数小顽意，如彩线缠的菱角、锦缎斗的方胜①，一样一样都搬出来给我顽。我此时真如走进七宝世界，左顾右盼，应接不暇，只落得满面是笑。

正乐之时，大舅已由街上回来。妈妈便唤我去拜见大舅。大舅将一副大玳瑁框眼镜除在手上，笑眯着双眼，弓下腰来问我道："你愿意读书不？"我笑着道："我愿意。我爸爸也愿意我读书的。"

大舅点了几点头，伸起腰来问我道："你读了书，后来愿做什么呢？"

我想了一想，大舅这话是什么意思？哦，我明白了！便随口答道："我读了书，便学大舅，做大舅做的事，又学爸爸，做爸爸做的事。"

大舅哈哈笑道："你爸爸倒很可以学的。你大舅年纪虽有了，却一事无成，不要学他罢！"随又掉头去向妈妈夸奖我道："虎儿聪明，这几句答应我的话，就不是无灵心人说得出来的，倒是一个读书好材料。老妹子真有福气！"

妈妈笑着谦了两句，便请大表姐去堂前桌上点了一对蜡烛。这是来时从轿上带来的。妈妈引着我来到堂前，请大舅出来，她先与大舅平磕了两个头，说了许多托付话，又叫我过去向大舅恭恭敬敬磕了四个头。大舅只拱着手，把腰弯了两弯，口里说道："得罪得罪！"一面又说："恭喜恭喜！从今天以后，读书立志，入学中举，会进殿翰，出仕扬名，报答君亲。"

我磕头既毕，大舅便就桌上一张红纸，写了几个字，教我读道："幼而学，壮而行，上致君，下治民，扬名声，显父母。"一连三遍，于是发蒙礼节，就此终了。

———————

① 方胜：从前妇女的饰物，又叫"彩胜"。《西厢记》："不移时把花笺锦字，迭做个同心方胜儿。"

妈妈将红纸收了，给我装在衣袋里。我仍去同嵩表哥、韶表姐顽耍，直至吃过午饭，这才同妈妈乘轿回家。

爸爸已经回来，接着问了发蒙时一番情形，我便搜出那张红纸，捧与爸爸看道："爸爸，你看！这便是大舅教我读的。"

爸爸笑嘻嘻看了一眼道："好好，大舅如此教训你，但愿你后来能够如此做去，就算是好宅相^①了。"

从此以后，爸爸每晨起来，便教我读八句《三字经》，又三四行《孝经》，说是如此读去，十三岁可望把五经读毕，那时候就可以开笔了。爸爸说这番话，我也并不懂。只爸爸如何教我，我便如何读去就是了。

日居月诸^②，又是六月下旬。那年天气热得异常利害。一天，到黄昏时候，红日西没，碧天如水，玉绳^③低转，银河灿烂。爸爸回来将一床大竹凉席铺在堂前石板地上，又叫张升去买了些水果回来，盛在一个大冰盘里，放在席上，吃着乘凉。我是时只顾吃水果，别的什么事情，一概不管。爸爸却唤着我道："虎儿，莫只顾去吃，今晨读的书，可背得么？"

我睡在席上道："背得背得。"便"非先王之法服不敢服，非先王之法言不敢言"的背诵起来。

爸爸听了辗然一笑道："今天的，当真读得熟。再把个苹果去吃。"息了一刻，又道："虎儿莫闹，听我再教你一首诗，若再背得时，明天我还有一个好顽意儿把给你。"

我骨碌一声爬起来道："什么好顽意儿？今天就把给我罢！"

---

① 宅相：从前外甥的代称。出自《晋书·魏舒传》：魏"少孤，为外家宁氏所养。宁氏起宅，相宅者云当出贵甥。……舒曰：'当为外氏成此宅相。'"说罢，便力图显贵，以证明舅舅宅第当出贵甥的相法。

② 日居月诸，见《诗·邶风·日月》："日居月诸，照临下土。""居"和"诸"都是语助词，意为岁月不停。

③ 玉绳：星名。北斗第五星叫玉衡，即"大熊星座ε星"；玉衡之北两星名玉绳。

爸爸道："胡说，我明天才买哩！"

我道："那么明天等你买了，我再读。"爸爸妈妈都笑着骂道："放屁，读书原是你分内的事，哪有要了东西才去读书的道理。"

我道："使得使得，就教我读罢！"

爸爸便点头播脑的念道："五百名中第一仙，等闲平步上青天，绿袍乍着君恩重，黄榜初开御墨鲜；龙为马，玉作鞭，花如罗绮柳如绵，时人莫厌登科早，月里嫦娥爱少年。"

我也跟念了几遍，仍不懂他说的什么，只觉音韵铿锵，极为悦耳罢了。爸爸又与我讲解了一番说："这并不是一首诗，是一阕词。词名叫《鹧鸪天》，是从前的人少年中了状元做的，你看他说来多少荣华，多少光耀，凡人幼年好生读书，长大了入学中举，会进殿翰，不说中了状元有十分体面，就只殿了翰林，也是凤凰池上的贵人。"

接着又把唐朝中书省中许多可羡可慕的故事，如上直时有宫女熏衣待朝，下直时驰马天街，赐宴绿光宫，登科之后，曲江大宴，探花宴，种种热闹事情，都一一讲与我听。我那时也弄不清楚，什么是中书省，什么叫探花宴，只觉耳朵里听得甜蜜蜜，眼光前一片锦绣，五光十色的罢了。心想，读书果有这些好处，怎么许多人尚去种田做生意？怎么不都去读书呢？方想问问爸爸时，却早朦胧一梦，已不知所之了。

今年既过，到第二年正月廿四日，爸爸忽叫我穿了新衣，又叫张升买了香烛，将一本新书叫我包了，随着爸爸走到一家公馆里，厢房中有个学堂，进门看时，读书的学生七长八短，已有十一二人。靠壁一张神桌，张升便把香烛点燃，摆在桌上，早有一个四五十岁的老师，迎着爸爸，坐下笑谈。许多学生，都放下书本，呆着双眼，只顾灼灼的看我。不久爸爸便叫我到神桌前，磕了三个头，说是敬孔圣。我却并未看见孔圣。只见一张二尺余长的红纸，写了一行墨字，贴在壁上。敬毕，爸爸又叫与老师一跪一起，磕了四个头起来。老师也拱拱手道："好生读书，

李劼人与成都

长大了入学中举，会进殿翰，好出来做官为宦。"

我此时心中，不知如何忽起了一个奇念，便问老师道："为啥只叫我做官为宦？难道我来读书，只为的官宦吗？"

老师哈哈笑道："人生读书，原为的做官为宦，除了官宦，又何必读书呢？"

我还想问时，爸爸忽喝住我，道："这孩子疯了，怎么放出这些屁来！还敢说吗？真讨打了！"

老师笑道："小孩子不知什么，自有这番疑问，稍长大时，自会明白的。"

幸而我此时遇的这位心气和平的老师，故经我一问，并不见怪。若在后来那位蛮子老师时，想那吃人的威风，早已动了。当下，爸爸又教我与诸位同学作过揖，便把我安在老师桌上，与老师对面坐着。爸爸便领张升回去，吩咐我好好读书，晌午时候，叫张升来接我。

我此时坐在位上，好似大海之中，着了一艘孤舟，左右均不是路。四面望望诸位同学，也有笑的，也有挤挤眼睛，努努嘴皮，向着我做怪相的。其中惟有一个学生，年纪不过与我相上下，头上挽个桃子髻儿，两眉心间，点了一点鲜红胭脂，眉清目秀，十分可亲，向我点点头，又向我抿嘴一笑，把手向书上指指。我后来问着才知就是哭生。照他此时看来，真是光风霁月，哪有后来那片凄风苦雨的景象。不知哭生此时妈妈尚在，这位老师又是他的母舅，十分爱他，穿得好，吃得好，处境又顺。故看了他后来的苦日，迥不料他今日尚在乐境中处过的。

当时老师叫我站过去，教了几行新书，便算我一天的课程。晌午时分，张升果来，我便辞了老师与诸位同学，便先走了。临走时，回头去望哭生，又向我一笑。心想，此人真有趣，比大舅的嵩表哥更好顽哩。明天须尽早来。

其三

　　我爸爸在我进学堂之后，不久便带着张升，往外省经商去了。他为啥不待入学、中举、会进、殿翰之后，去做官为宦，却一旦改行为商？我也莫明其故。只可惜那位心气平和的老师，就是哭生的母舅，将次一年，也因一个做官的聘他当书启师爷去了，便把老师这一席，让与他一个同门学友来坐。他这学友，并非别人，就是前段所言的蛮子老师。自从他接了这席之后，我们学生，就算一齐上了厄运。不到一月，几阵蛮风，早把一个和乐庄严的讲坛，弄得阴风惨惨，鬼哭神号起来。从前他未来时，众人脸上，无论何时都有番悦色喜气，所读之书，人人背得，就以我而言，一年中读了两本《诗品》，一本《大学》，一本《中庸》，至今还能默诵得三分之二，觉得读书也非难事。爸爸常喜说他幼年读书许多苦处，我还以为爸爸说的诳话。天地间虽不定说读书便乐，但也不能说读书是苦，及至蛮子老师来了，方信天地间至苦之事，莫若读书，最可怕之人，莫若老师。从前怕人说鬼，但又喜欢听人说鬼。每到大舅家中做客，夜里无事，大表姐、二表姐、三表姐便在灯前说鬼。我与韶表姐、嵩表哥，都坐在床上，互相拥抱，听得毛发森立，彼此瞪着双眼，都向暗陬里侦视，好似那灯光不到之处，便是鬼巢。设或不曾坐在床上，务须将两只脚翘到凳上，不然便抱在怀里，生恐垂下地去，便有鬼手出来擒住。及与蛮子老师相处一月，漫说是鬼不足怕，若能躲避得老师的音容一时半刻，就真有鬼巢，也甘心与鬼为邻了。

　　蛮子老师不仅其人使学生可怕，所教之书也能使学生不易记得。蛮子老师教了我两年，只读毕四本无注的《论语》，两本无注的《上孟》，一半无注的《下孟》，此外两本《唐诗三百首》，如斯而已。但我于蛮子老师所教之书，其记性只有两三天的功夫，每读毕一本熟书，只待背了通本之后，仍然变为生书。故我每月到背通本熟书的日期，便如债台百级的穷人过除夕一般，除了设法躲避一法，并无再好的道路。只是躲得过便好，躲不过时也只有拼着脑壳、手掌、屁股，去与老师的杂木戒尺、毛竹板子，亲热亲热。老师打了之后，又不再教，只痛骂两声蠢材，便看这学生平日的孝敬如何，好的只把书掷与再读，不好更有酷法相待，虽不如公门中之待囚犯那般利害，但其间相去，也不过五十步与百步罢了。全学堂中能有记性的，二十余人中，只有一个姓戚的，此人最善孝敬老师，每日在老师面前殷殷勤勤，故老师不常打他。其实此人也未必真有记性，不过有些鬼聪明，到背通本熟书时，常弄点手脚。我有一次，亲眼见他从衣袖中抽出一本小书，眼里看着，口里便背，一字不错。背毕那小书也就不看了。我才恍然大悟，原来他是看着背的，但不知他怎的会有那本小书。我们虽没有小书，大书也还用得，大家商量一番，此法甚善，便有一个姓张的学生，已经十四岁了，正在读《书经》，那天该他背通本《禹贡》，他便先藏一本《禹贡》在衣袖里，将背的那本送到老师面前，转过身去，取出藏的，看着读了一遍，居然混过。只是他回到位上说道，头一次究竟胆怯，生恐老师觉着，心里止不住乱跳。他说这话，果不欺人。我见他转身取书时，那张油黑面皮，好似成精的冬瓜，白了青，青了白，顷刻万变。但此人平素尚是有名的勇李逵，又伶俐又胆大，至此且不免色变心惊，可见在蛮子老师手上作伪，真是如诸葛孔明之借东风。何况又是初次，也怪不得他。他又歪着嘴皮笑道：

"我已经闯过头阵，你们何妨如法炮制，免得老戚一人独占面子！好在老师又是近视眼，更好做假，大家落得手掌屁股轻松些，岂不是好！"

众人自然称善。那姓戚的却蹙着眉头："坏了坏了，这一弄，包管要弄出事来！以后更难做假了。"

众人都看着他，要问他何以会弄出事来。其中有几个性子躁些的，便开言骂道："我知道你的意思，不过是怕众人都会了，莫了你的长处，是不是哩？好儿子，我们偏要这样做，看你还有什么说的！"

那姓戚的道："我倒不怕你们会不会，做不做，只我有言在先，弄出事来，若说出是我开的端，我便要……"众人都道："这层你可放心！若说了你的，算是你生的儿子。"

哭生更道："你们都做得，只我仍然去牵驴子过板桥，不来走这条捷路，免得带累众人。"

众人听了这话，心里也知其意，也不相劝。此后大家果然照书行事，按本宣科。就是我胆小，也无可如何的学做了两次。如此一两月间，除了哭生一人，大家背起熟书，果无一人似从前那般艰难。老师手腕居然闲得软了，几次觅人练习，总不如从前遂意。哭生虽是个长主顾，终出不了老师的蛮气。

那日，也合当有事。一个姓王的学生，约有十五岁年纪，别号叫做狗脸儿，该他背通本《易经》，不消说是率由旧章，预先便藏了一本书在袖里。只恨他多做了几次手脚，胆子便大了，也不十分顾忌了。背书之时，因预藏的篇页与所背的不曾清理妥当，到转身之后才摸出来旋翻，口里因不曾看着，自然是格格不吐，心里又慌，老师又拍着戒尺，连连催促，急得他手足无措，忘乎其行，捧着那本预藏的书，低着头，只顾刷刷刷的去翻，弄得那声音如春蚕食叶一般，众人都听见了。

老师眼睛虽近视，耳朵却不聋。起初还不知是什么声音，侧起头来细听。众人见了，都骇得面面相视，有两个座位与狗脸儿距离得很近的，便干着咽喉，不住的吐痰咳嗽。揣知其意，一半是想搅乱这翻书的声音，一半又是警觉狗脸儿，叫他留心。更有两个捧着书，要想借故去问老师，以便狗脸儿藏拙，刚走下位来，不料老师已一把抓住狗脸儿的左臂。

狗脸儿也算伶俐，知道不好，乘势一转，右手已把那本书，向一个学生座位下一抛。这学生也是一个伶俐人，忙把一双脚伸去踏着。正想弯腰去捡，谁知两个伶俐人，瞒不过一个蛮老师。早被老师喝住，走去拾来一看，不禁眯着小眼，露出一口包金贴翠的牙齿，格格大笑起来。

此时我也记不清楚狗脸儿在当时是什么形象，只觉得我一听见老师的笑声，两耳根轰的一响，脑袋上好似顶了一炉火的光景，身上鸡皮皱起得寒毛子根根倒竖，神志昏昏。但听得老师的咆哮声，板子敲肉声，众学生吃打的号痛声，似乎我也吃了一顿痛打，又都罚了两根长香的跪。记得所跪还不仅在平地上，有所谓梅花落地跪法，这是把些烧不了的炭渣，选那又坚硬又锋利的铺在地上，学生罪重的就罚跪在炭渣上，光景不到半点钟时候，那炭渣的锋棱，如利钉一般，直刺人皮里，抵到膝盖骨上，痛辄心腑。狗脸儿及那个踏书的、咳嗽的、下位的共七人，都顽的这梅花落地跪。其次又有所谓独木桥者，是用一根酒杯粗的连皮青枫木棍，平置地上，学生罪稍轻的，便令跪此。凡是藏书作弊在二次以上者，就顽的这个独木桥跪。不幸我恰恰做了两次，便也请在独木桥上跪了半天。再其次才是平地跪，也有一个美名叫"走马川"，何以名为"走马川"？我也不解。只因为这些美名，并非老师所赐，不过是几个年纪大的学生随口取的。

这次风波，全学堂中没一个躲脱了的。哭生虽极力辩白不曾做过弊，老师仍然要打，道："为什么你不告发呢？难道你的舌头被屠户剁去了说不出话？就说不出话，用笔还可以写的。既不告发，即是同党。"不过他罪名稍轻，打后只罚去顽"走马川"跪。

此时幸无一个外人到学堂里来，不然者乍进门时定叫他大吃一惊，怎么全学堂学生都变成土地菩萨了！似这种风波，也不只一次，若一一写出，恐罄南山之竹，也不能尽其万一。如今只提纲挈领，把老师初次发威的情节，细细一说，就可以笼罩一切了。

论起老师初来之时，还不如是之暴厉，一般学生也不曾在意。只说老师初来，于众学生性情尚未十分知道，我们自己总要抬点身份，不叫老师管束，以后就少许多蹂躏。因此之故，众学生便都优游自在，读书时，任意谈笑，背诵之书，也不求十分熟悉。就有求教于老师的事情时，也不十分庄重。在众学生的心意中，以为不如此便不足抬高身份。那时我也随声附和，毫不把老师放在心上。记得老师来的第二天，我吃过早饭去上学，觉得身子异常疲倦，两眼皮上犹如载了万钧之重，闭着了就睁不开，因想我们是有了身份的，管它什么时候，且饱睡一觉再说。于是把书本抛在一旁，放心大胆，扶头便睡，经老师唤了几次，方才略略清醒。执此一端，可见我们那时真放纵了。谁知到第四天上午学时，忽见粉壁上，贴了一张大纸，上写着许多字迹，众学生都围绕一处，正指手画脚的议论。我便问他们这是什么东西，哭生告诉我，是老师亲笔写的学规。又听见个大些的学生念道："第一条不准轻慢师长；第二条不准藉故逃学；第三条不准废书谈笑……"以下还有四五条，如今已不甚记得了。只说一般学生，都张着眼道："似这种学规，只好去管那西藏里的蛮学生罢了！我们概不遵守，看他把我们如何？"我也和着叫道："是的是的，谁去遵守！"

此时众声齐发，恰如闹林的麻雀一般，其中独有一个十八岁的大学生，本来姓黄，众人因他生得又高又瘦，便送了他一个别号叫"竹竿子"的，偏笑嘻嘻抄着两手，倚在一张方桌棱上站着，不言不语。众人闹了半晌，他才冷笑一声道："你们都是糊涂蛋！老师又不曾在这里，你们闹与谁听？算了罢！只听我一句话，我自有收服他的妙法。"

众学生于是都围绕着"竹竿子"问道："有什么妙法？你且说来听听！若果能收服他时，我们从今以后输心悦意的拱服你。"

"竹竿子"笑道："自然有妙法！只要你们一心一意，包管三四日中，定弄得他哭不得笑不得。此时还不能说出，做出后你们自会知道的。"

众人被他说得胡里胡涂，也不计利害，只一味称赞他聪明有为。自此日后，老师的面目渐渐严厉，学规也渐渐实行。众学生的身份，自然渐渐低微，大家的心里也因此渐渐气忿，都闹着"竹竿子"，问他有啥妙法，何以尽不做出来。看看老师日变一日，若不乘此折他一折，以后还有我们学生的势吗？"竹竿子"被闹不过，恨不得把脚几跌道："你们真不是个东西！我还是个学生，难道你们着急，我反不着急的吗？我虽有妙法，岂能孟孟浪浪一点也不审慎！若弄坏了，算我的还是算你们的？"

众人叫道："算我们的，只要你放大胆去弄！"

"竹竿子"咬着牙齿，恨了两声道："就是就是，我有啥放不大胆的！明后天我就动手，你们只留心看罢！"

当下，我一听得，恨不今天就变作明天，明天变作后天，忙忙去找哭生，笑道："好了，'竹竿子'明后天就动手了！我们以后仍可以顽身份。"

哭生那时比我还小一些，也不知什么，自然也很喜欢。不觉两日已过，仍不见有动静。老师威风便渐放渐大。记得他才来时，教案上不过仅仅一条杂木戒尺，此时忽见戒尺旁边，又多放了两根毛竹板子，一根二尺来长、四五分宽；一根三尺来长、八九分宽。众人见了，不觉心里一寒，便起了三分怯心，只望"竹竿子"快些弄个法子把他收服了才好。

直到第三天上，"竹竿子"忽然不来上学，众人都大大失望，以为他不管了，谁知到上午学时，老师戴上那副近视眼镜，忽又取下，将一片长衫底襟，细细擦了一擦，重新戴上，举起头来望了一望，复行取下，低着头，眯着两眼，把眼镜凑到眉毛尖上一看，猛的大喝一声道："胆大！这是谁做的？"

他这一喝，众学生都惊了一跳，忙举眼去看他时，只见他气得眼粗眉大，皮青骨黑。半晌，才唤了一个年纪小的学生过去，盘问道："你说，谁把我这眼镜钻坏了？"

那学生起初只推不知道，后来被盘不过，只得说出"竹竿子"与众人商量，要想妙法来收服老师的一番话，只这眼镜，仍不知是谁弄坏的。

老师听了，禁不住气得呵呵冷笑，把一众学生都唤到案前，道："我未来时，就听说这学堂的学生目无长上，无恶不作。我来了这半月，果见人言不虚，我尚以为可以默化，故把学规贴出，待你们自己修省，如今更胆大了，居然同谋不轨，把我眼镜钻坏，不消说为首的今天是不来了。我如今只责问你这些同谋的，看我这老师究竟把你们管得下管不下？"

这席话说得众人哑口无言，只看着老师，待他发落。老师举眼把众人一望，陡把威风一起，喝叫取条长板凳来，手上拿了那根三尺来长的毛竹板子指着一个十五岁的大学生，道："你来领个头罢！上板凳去！三十大板，自己数着！"

那学生自然不肯。老师的板子早雨点般纷纷乱下，打得众人东西乱窜。老师闭着双眼，只赶人多的地方乱打。登时学堂里便鬼哭神号起来。我算躲得快，只头上背上各挨了两下。打够多时，大约老师自己打得厌烦，才收住板子，把众学生一齐赶走，不准再来。

到次日各家父兄，都来给老师赔礼，请老师从严管束，不必徇情；又遣人去把"竹竿子"的爸爸请来，劝了老师一番，问明"竹竿子"，这眼镜果然是他晌午时见老师吃饭去了，溜来偷出去，叫一个补烂碗的，在镜面中间，一连钻了五个大洞。"竹竿子"的爸爸自然把他当着老师痛打一顿，赔了老师一副新的眼镜。老师收了眼镜，送出各家父兄，又从"竹竿子"起直到哭生止，一人三十大板，打个满堂红。从此以后老师的威风日大，学生的苦味日深，大家都说不出口，只好自怨自艾，低头容忍去了。

其四

最可怜而又最可恨的事，无过于子弟逃学。但我以为在蛮子老师手上逃学，独为可怜，不为可恨。因其中种种不堪之故，便叫子弟不得不走这条路。其不是之处，倒不全在子弟身上，所谓物必先腐，而后虫生；人必先疑，而后谗人。老师必先不善，而后子弟逃学。故此我于蛮子老师教学第二年上，也曾班门弄斧，逃过两次学：第一次，记得是三月中一天放夜学时，老师忽令众学生各把书本收拾回去，好生温习，待他扫过坟墓，再来上学。当下，我们闻得此语，好似半天落下凤凰卵，真是梦想不到的事。方寸①之间，不知怎的，只觉又麻又痒。大约是欢喜极了的原故，你望着我一笑，我望着你一笑，精精神神，收拾书本，也有用书包裹的，也有用绳子缚的，一声声中，都觉喜气洋溢。这番景象，除了端阳、中秋、过年放学时有后，此次真算创闻。再者，端阳、中秋、过年放学，是人人算得到的，虽是欢喜，倒觉有限。独此次出人意料之外，并且明天又是背通本熟书之期，众人正忧个不了，忽闻一声放学，那一天喜气，叫人如何收拾得住！

　　大约老师也知觉了，只见他一双胡豆大的鳅鱼眼，在那宽铜边大近视眼镜里，转了两转，又把众人看了一遍，瘦腮之上，微微一笑。待众人把书本笔墨收拾妥当，忽又发出一令，叫自明天起，大学生每日须做一首试帖诗②，小学生每日须写三篇字。看他这意思，定是怕我们太清闲了，所以又加了这个限制，弄得我们欢喜之中微有不足。但是这也无关紧要，只求早晨不上生书，饭后不背熟书，手掌屁股不遇戒尺、板子，膝头不点地，脸皮不被拧，就写六篇字，也是小事。何况我的三篇字，共算还不到两百，所以当时毫不介意，随着众人，胡乱答应一句，挟着书包，散学出来，寻见哭生，握住他的手腕，不禁大笑。哭生只瞅着眼，也不言也不笑。半晌，忽伸手把我一攘道："你疯了么？"我道："你

27

_____

　　① 方寸：指人的心，亦作"方寸地"，见《三国志·蜀志·诸葛亮传》："庶（徐庶）辞先主而指其心曰：'本欲与将军共图王霸之业者，以此方寸之地也。今已失老母，方寸乱矣。'"

　　② 试帖诗：从前科举时代考生写的诗，大致以古人的诗句命题，冠以赋得二字。清代科场的试帖诗，五言、八韵，自成一体。

才疯了呢？这是半天里落下的喜事，金子也买不来的，为何你一点也不觉得？"

哭生道："想不到老师这人，还知道扫坟祭祖！"

我笑道："你这句话，更有点疯气！他既是个人，怎会不知？"

哭生一面走一面又说道："怪了！老师既是老师，怎的又是个人？"我正要说时，他又接着道："你们只说放了学是好事，不知好不了几天，到上学时，老师那顿下马威，却够受了！"

我道："这是后来的事，目前究竟好顽。"

哭生道："老师的下马威又打不到你身上，你固然是好顽。"

我道："你放心，这是老师为私事放的学，不比过年过节，定要寻人出气的。"

哭生摇摇头道："人各有心，我们不说了罢。明天夜里，你再来约我去听一夜评书好么？"

我连忙答应了，便与他分手，回到家中，见过妈妈，照例一揖，便把书包往桌上一抛，道："明早不上学了！"妈妈笑着骂道："又要顽皮了吗？不怕打的东西！"我一头便滚在妈妈怀里去，道："老师放了学，还去做什么？"妈妈诧异道："又不是过节，怎会放学？"

我道："老师说要回去扫坟墓，我知道他为什么！"

妈妈摸着我颈项，说道："哦，原来清明将近了！虽是老师放了学，仍须把旧书温习温习，莫荒疏了，又叫老师劳神！"我自然唯诺了几声，便放心大胆的顽去了。

次日，晓梦方回，陡闻灵官庙晨钟几杵，不禁大吃一惊，心想完了完了，今天太迟了，老师定然起来多时，急忙翻身起坐。妈妈也醒了，便问我道："做什么又起来？你不是说老师已经放了学了？"

我定一定神，才想起昨天果放了学的。惺忪之间，不禁大乐，忙又倒身睡下，闭着眼想道："也有今日，当真不上早学了！"又在被窝中翻了一个身，想这早觉的滋味最佳，须要好好的领略，不要一闭眼就睡过了。及至睡醒起来，同妈妈吃了早饭，便高高兴兴，取出纸笔，磨墨写字，以了今天的课程。谁知墨还不曾磨酽，陡闻门外一阵喜锣同喇叭声音，吹打过去，不觉丢下墨池，急忙跑去观看。原来是一家过礼的，镜台、花盆、瓷瓶、玻器、花红、酒果、衣服、盐茶，光怪陆离，不下百抬。看完之后，又进来与妈妈一事一物的讲论。如此便耽搁了一两点钟，才跑去写字时，砚池中磨的墨已经干了，又慢慢磨了些时，这才把着笔写了三四个字，心头忽然想起，前天嵩表哥送我的几个灯影，还未好好赏顽，何妨取出来一看哩，便放下笔，跑去把灯影取来，只见内中一个白胡须的花脸，却戴了一顶包文正的相帽。心想，这如何使得！不如将就花脸改一个包文正也好。便提起笔来，一阵乱涂，花脸的白胡须已涂黑了，倒像个包文正，但把那张写字纸，却也涂成一个花脸。好在那张纸上写字不多，还不费力，换一张另写，只是那支笔，又不适用起来。因刚才乱涂了一阵，笔尖上的锋毛早已弄断，又不得不要钱上街去另买。不一时，笔虽买回却早又晌午，把午饭吃毕，又忙着去约哭生。放学的第一天便如此混过，三篇字的课程一篇也不曾写。从此胡里胡涂便过了三天，才写了一篇半字。

到第四天上，屈指一算，已欠了十篇半字，如何得了！便起了个决心，从早晨未吃饭时便写起，一刻也不休息。到吃午饭前，已得了六篇半，所欠仅仅四篇，不觉心头大慰。想道："好了，已有了八篇整字，且去放心顽顽，明天再起个决心便清楚了，又何必如此着急呢？今天权写四篇，明天再写不迟。"

如此因因循循便是九天。那天黄昏时候，正在灵官庙里代一个小和尚撞晚钟，一声两声，正撞到极悠扬、极清越地方，忽见那个别号雪李逵的学生，陡站在钟楼门外，大声说道："老师回来了，叫你明早仍去上学！"

李劼人与成都

当下，我一听得老师回来了这五个字，不觉心头一软，手上拿的那柄钟杵，早咚的一声，落在楼板上。雪李逵说毕，各自下楼去了，我还胡胡涂涂呆在楼上，想道："老师当真回来了吗？"只觉一身寒噤，好似寒天腊月跌到水里去的一般。钟声虽好，无心再撞，摸着梯子，一步一步挨下楼来。忽见那司钟的小和尚走来拦住我道："你走，四十九下钟，才撞了三十六下，就跑了，害我好去跪更香！"

我只把他一推，道："害你害你，老师已经回来了，我还有心撞钟哩！"说着早飞跑出了庙门。小和尚赶在后面不住的叫骂，我头也不回，一口气跑回家去，先把字数一清，只写了十五篇，算来尚欠十二篇，不觉骇了一跳，道："怎的才写了这点子？明天如何去见老师？"转念一想，尚早哩，此时，才黄昏时候，赶快写个通夜，明天就可了帐了。于是急急忙忙，点灯磨墨。心里又急，又恐妈妈知道了要挨骂。才写得两张，已经打了二更，妈妈便来催我睡觉。说是"打更了还写什么，明天写也不为迟。"

当下，我觉心里一动。暗想，难道妈妈还不知道老师回来了吗？果然如此，我又可以想方法了。便拈着笔假意向妈妈笑道："怎的老师去了九天还没回来？"

妈妈道："我也这样说哩！你也到学堂里去看看，恐老师回来，你还不知信呢！"我道："使得使得，我此时就去。"

妈妈又不准，道："打二更了，去做什么！白日不好去吗？"

其实我的心意并非去看老师，不过借此去寻雪李逵，叫他明早在老师面前，替我告个病假，老师若准了，我就趁此把字赶齐。谁知妈妈不准我出门，我只得托个故又奋力赶字，心里越急，手里越赶越写不起走，一时心又想到一边去了，嵩表哥的灯影、韶表姐的彩线粽子、哭生的西洋画、灵官庙的钟楼，一一涌上心头；一时又想起那司钟的小和尚，不知此时尚在跪更香不曾？那和尚说是崇庆州人，据我看来，家里定还有爹妈兄弟，不知怎的要跑来出家？心里如此一想，手里更不能写，定神一看，才写了半篇字。时候已经不早，妈妈又连催去睡，砚池里墨也干了，呵欠连连，眼皮只顾要闭，正如楚霸王围困垓下，四面楚歌齐起，不觉心里一懒，又活动起来。寻思尚有九篇半字，谅今夜未必写得起，不如想个方法，明天权且逃一次学，再赶写罢。当下懈力一生，只觉手腕也软了，心里也不发奋了，便把笔墨收拾，放心睡觉。

究竟心里不静，一夜梦魂颠倒，哪及前几夜睡得安稳！次日一早起来，乘着妈妈未醒，轻轻溜出门去，一口气跑进学堂，幸得老师还未起来，寻着雪李逵请他替我扯个谎。怎奈那厮抄着一双手，斜着眼睛向我一笑，道："你倒有主意，你逃学罢了，却叫我来替你扯谎！也使得，但把什么来谢我呢？"左说右说，直勒逼我谢了他四两落花生、半封黄豆米酥，方才答应。

我们正说时，听得老师已经起来。我连忙战战兢兢跑出门来，心里还觉突突的乱跳。跑回家去，妈妈自然有番问询，不待吃早饭，便磨起墨来写字。今天真一点不敢耽搁，直赶到下午，方把九篇半字一一写毕。心下一放，便跑出门来散散精神。忽见哭生低头走来，我不觉心上一跳，生恐雪李逵弄了我的手脚，便跑去迎着他，问道："就放了学吗？你来做什么？"哭生道："我来给你通个信，今天有五六个人都不曾来上学，老师大发其怒，说明天定要到各家来清问，不信他才走了九天，就有许多人害病！你今天为啥也不来呢？"

我摇摇头道："说不得！老师吩咐的字课，弄到此时才赶写妥贴，你叫今早把什么去搪塞呢？"

哭生道："怪了！你们一天三篇字，无论如何也写起了，怎么到了临头，还弄不清楚？你还须留心明天的熟书，我们今天倒过了，老师非常认真，说他走了九天，大家都变了禽兽了！今天从大至小已经打了

十一个人，说明天还要结实重打。"

我听一句心里紧一下。待他说毕，便问道："今天你呢？"哭生道："天幸天幸，只挨了两下手掌！"

哭生说后，回身走了。我心上却如压了一块重铅似的，又闷又怕。回家告诉妈妈，说老师已经回来，明天要去上学了。妈妈自然喜欢。我去把熟书翻出一看：《诗品》、《孝经》、《龙文鞭影》、《千字文》、《大学》、《中庸》，都不要紧，《上论》尚还背得，《下论》已有一半生的。至于《上孟》简直一本也背不得，连忙清出来读。起初还雄心勃勃，及至打更之时，喉咙也干了，脑袋也昏了，眼睛也花了，才读了两遍，不过仅能上口，离背诵地位大约还有八九十遍的远近，又急又气，比昨夜赶字更难过十倍，不禁大恨，前八九天为啥看也不看！到这时候，却弄得下不了台！算了，此时如何读得熟，拼着明天挨打去罢！好在也不止我一人，也够出老师的蛮气了。心里一横，立刻掩书睡觉。

到次日上学，见老师尖鼻缩腮，满脸秋霜，仍如前状。心想：照老师一生看来，大约五经都有改变的时候，唯独老师虽天翻地覆未必能变。又想：时常听老年人说起，从前麻脚症大瘟疫，死人如麻，东北两门每日不知有多少棺材出入，何以那次瘟疫，并未把老师疫死！可见老师这人，真是得天独厚。但今天不知如何，老师竟自行不践言！我们六七个逃学的，俱未被责一下，只每人骂了几句。我放了学时，好不欢喜，心想：原来逃学还可免罪！无怪那些学生，时常逃学，既有这种好处，我也不妨再做一次，所以我第二次逃学，竟不求别人替我扯谎了。此后不久的一天，不知为着何事，忽然起了逃学的念头。上早学时，便大胆向老师请个假，说今天家里来了个远客，妈妈叫我回去耽搁一天。老师因我素不扯谎，居然信了不疑。我满心是笑，跑回家去，又向妈妈说是老师有事，放了一天学。妈妈自然无话。那天真把我乐得不知所以，后来不知怎的，这事又弄得老师知道，把我从头至脚，结结实实打了一顿。从此我便胆寒，不敢再去尝试。这也是我年幼胆小的原故。若在那些大学生，倒愈接愈厉。老师既不准我逃学，我还有个妙法，可以躲避，不过稍稍苦些，原来老师虽利害，但不能不准学生生病。我就借题发挥，每怕上学，便假装生病，或是头昏，或是肚子痛，大约既不为剧，又不能指斥为虚。妈妈一听我生病，便叫去就医吃药。记得那时常为我看病的一个医生，姓冯，一见我去，也不摸脉，也不问病，只笑道："又病了么？仍是原方，三钱竹心，三钱灯心，泡水吃了就好。"大约这医生也知我这病不甚利害，所以十次八次只是竹心、灯心，我也感激他不把苦药给我吃。但装病如何能久，既想它久，必须真个害病。不知那时这病好似与我有仇一般，日夜祷告，请它照应一次，也毫无影响。每见人家害病，睡在床上，多少清闲，恨不与他商量，请他让给我害几天也好。祷告频频，神天鉴察，后来果然大病一次，缠绵床笫，三月有余，居然与蛮子老师脱离了三月之久。后来病起，人人都替我耽忧，说我病中如何的利害，亏你命大，居然好了起来。我却不然其说，甚愿这种大病，再见辱几次，直待蛮子老师死后再好，岂不甚妙！谁知盛愿难偿，只好仍去求那姓冯的医生，时常给我三钱竹心、三钱灯心吃吃便了。

其五

腊月十六，哈哈，腊月十六！不信，今天果是腊月十六！据理而论，一年中之有腊月，腊月中之有十六，也是日月之常，并不为奇。但在我们私塾小学生眼里看来，却把这天，当成金鸡下诏之期。自从八月中秋节后，仰望这天，不知屈了多少指头，算了多少日子。朝来暮去，心眼皆穿，以为一生一世，再没有这天了。却不想早晨起来之时，妈妈忽然吩咐我道："今天不用去上早学了，且去买张红纸回来，吃了早饭，

李劼人与成都

好与老师送学钱去。"

以妈妈这几句话看来，莫非今天真是腊月十六，心中仍不相信。跑到纸铺里一问，众口一辞，都说是腊月十六。这才恍然记起，昨天十五，早晨放学回家，还燃点香烛，敬过祖先。下午散学，众人还笑说："过了明天，今年再不来了。"哈哈，今天不是腊月十六，学堂大赦之期，更是何日？这一喜直差跳上房去。

陪妈妈把饭吃毕，盥漱之后，眼见妈妈在立柜里，取了四串青铜大钱，先把草纸包了，再用红纸封好。一面向我笑道："你看，一节把许多钱去，送你读书，两年来的学钱，堆在一处，比你还高！若不再用一些心时，真可惜钱了！"当时听了妈妈这番话，口里虽无言语，心里却暗暗寻思：这钱真送得有些可惜！数月中，所受的痛楚，算来比钱还重；所认的字，还没有这钱的十分之一多。有其如此，不如每天把两文钱，去请算命先生教一个生字，四串钱用完，所认之字，既多又免得吃打受痛，岂不甚好！但逆料妈妈必不以此意为然，故我也不曾说出，直待妈妈将钱封好，放在一个木茶盘里，叫王妈托着，同我到学堂里来，见众同学各在桌上清理书本笔墨，光景今天是不读书的了。老师撑着那副大近视眼镜，抄手坐在椅上，不言不动，只把一双鳅鱼眼睛，左右乱转，形态大似我家间壁油米店内，坐高脚竹椅的罗掌柜一般。

我进门时，老师尚未觉得。王妈才走到门外，老师已伸起长颈，隔窗子看见了。王妈因未到过学堂，不知谁是老师，只站在门外，端着茶盘，张眉痴眼问我道："虎相公，这学钱把给谁？"老师此时已站了起来，道："拿来拿来，是送我的！"

王妈这才把茶盘端到老师面前，还未放下，老师已竖起眉头，伸开十指，猛一下将这钱包，直从茶盘里，抢到桌上。不知是老师的手重，或是王妈的手软，砰的一声，那茶盘忽磕落坠地。王妈一面弓腰去捡一面埋怨道："哑，老师！你也慢些！是你的终是你的。"

老师此时也无暇与王妈辩论，只瞪着双眼，急急忙忙，把包钱的红纸草纸，纷纷拉了一桌子，提起钱来，见四串都是选择过的青铜大钱，整整齐齐，并无一个沙版、毛钱掺杂在内；又打开麻索，取了一百短些的，仔仔细细，一五一十数了一次。实底实数，未扣一文束底，不禁满面是笑，露出一口玉麦黄牙，再也包不拢去，抬起头来，见王妈还站在桌前，生恐王妈见财起意，斗然做出不法行为，有碍学堂体面，连忙打开抽屉，把钱尽数藏了，然后抄手坐下，向王妈说道："回去给你们太太请安，我明年，正月二十开学，可叫你们相公早些来，莫荒疏了学业。此时就将你们相公的桌凳抬回去，我先放了他的学了。"

老师意中以为王妈之不走，不过想知道明年开学之期，所以才有此番言语。不知王妈意中，却非为此，因她时常遣去给诸亲六戚处送礼，每次都须得些赏钱，以为此次给老师送学钱，不消说也是有赏的。却不晓的学钱非礼物可比，原是老师应得的束脩[①]，在大方之家，或者敬使及主，可望几文例外赏钱。若这位蛮子老师，却不能妄破此例，因此王妈空站了些时，只讨得一口冷气，不禁大怒，未待老师说，已登登的冲出门去，口里尚叽咕不已。大概老师也识得个中之玄，佯作不见，只掉头向我说道："回家去，仍宜将所读的旧书，时时温习，不可一味贪顽，十分荒废，到明年来又一概忘记了。"

我鹄立受教后，便到老师面前恭敬一揖，不知老师今天怎么忽然谦和起来，居然也抬起身来，还我一拱。于是我便收拾书本纸笔，最先出了学堂。众同学眼睁睁看着我，好似出了笼的彩凤，不胜羡慕，只恨家里学钱尚未送来，不能早升天界。这也不过一时半刻的事情。一到下午，众人也纷纷放了学了。

李劼人与成都

35

---

① 束脩：脩，干肉，十条干肉叫束脩，是古代诸侯大夫相互馈赠的礼品；也指学生致送教师的酬金。见朱熹注《论语·述而》："古者相见，必执贽以为礼。束脩其至薄者。"

　　我回家之时，王妈还气忿忿向着妈妈，指手画脚，表演老师的穷气象。妈妈笑得无可奈何，但又把王妈埋怨几句，说她不应侮慢老师。

　　自这日过后，我真如登了天堂，每日只计算过年时的乐处，看看年景将近，街上卖对子、卖门神的接踵而出。家里也非常忙碌，打扫房屋，糊窗子，办年货，贴对子，我年纪虽小，却也帮着妈妈，做点不要紧的小事。一直到除夕那天，方才诸事齐备，到晚来灯烛齐明，敬过天地祖先，那鞭炮之声，便接接连连不绝于耳。

　　大舅领着嵩表哥到我家来辞岁，妈妈便留着消夜。吃毕尚未二更。大舅回家，妈妈又遣我同去，给大舅母以及几位表姐辞岁。记得那时一到街上，只见灯火如昼，炮声盈耳，夹杂着许多管弦锣鼓之音，真是一番太平景象，令人心快神怡。如今呢，已大大不同，近两年虽不曾在省城过年，听人说起，简直落寞万分。昔日繁华，不堪回首。我那怀旧词上，有两句："前尘影事知何在，一思一度销魂"的言辞，真可移作今昔年景之感了！

　　我到大舅家中辞岁之后，大舅母自然留着消夜，不觉多吃了几杯老酒，醺然大醉。大舅叫他家的佣人骆兴背我回家，已昏不知人。只觉走街上过时，一阵鞭炮硝烟，直扑鼻尖，醉中闻着，十分舒服。及到夜中醉醒，犹听得远远炮声不绝，直到四更时分，略略清静。但一交五更，那出天方①的炮声，又哗哗剥剥响了起来。次日一早起身，不消说自有一番磕头作揖的忙碌。我那最不易上身的新衣裳，此时也光明正大穿了起来。不待吃早饭，便跑了上街顽耍。只见满街的铺户，家家关闭，一律的红纸对联、红纸喜门钱，贴得如火如荼。门前火炮纸渣，铺得无一些空隙。街上行人，寥若晨星，除了几个穿靴戴帽、手执护书拜早年的而外，并不见一个闲人。彼此会面，最先开

36

　　① 出天方：四川旧年风俗，年节凌晨，在大门外东南西北中五方，燃香烛，放火炮，向天朝拜，以求吉祥如意，名为"出天方"。

口，就是那恭喜发财的喜话。到吃早饭后，游人渐伙，却都照例要到南门外青羊宫、二仙庵、草堂寺、武侯祠等处游逛。其实这游逛并无大味，不过跑得满身灰尘，胡乱吃些小饮食。那时我也未能免俗，约着嵩表哥跑出南门，两人费了八文钱，共坐了一辆二把手小鸡公车，推到武侯祠去。路上尘土又重，道路又窄，游人又多，最可恨的，就是那些驮米的瘦马，被一般二水公爷①骑着，一颠一蹶，跑来跑去，弄得尘头十丈，如雾如烟。及至到了武侯祠，尚未入门，便见那些烧香的妈妈姐姐们，身穿红蓝布衫，手上拿着大把长香，如潮似水，涌进涌出。大门之内草地里，尽是些卖小饮食的，凉粉喽、豆花喽、抄手喽、素面喽，大约城内所有的，此处都齐备了。内殿池塘侧，尚有卖茶的，我与嵩表哥此时还无吃茶的资格，只从那凉粉、素面吃起，应有尽有，吃了一肚皮，连昭陵也不曾瞻仰，便游兴阑珊，跑出门来。与嵩表哥商量，鸡公车坐得不舒服，不如多花几文钱，也学二水公爷，跑一趟溜溜马罢。嵩表哥自然应允。两人便各出二十文钱，共雇了一匹老马同骑。他在前，我在后，不知是我们不善骑马，还是这马故意闹脾气，左打也不肯走，右打也不肯走，只在一株老柏树下，转来转去，依依不舍。那放马的卖了九牛二虎之力，好容易才把它引上了大路。它又闹起老派来，一步三点头，不肯快走一步。大约到城门之时，足足走了一点多钟。我两人下了马时，已急得遍体是汗。嵩表哥便道："从此以后，再不骑马了。"我却尚有骑马之意，只不骑老马便了。

如此一天一天，不觉破五已过，上九又来。上灯之后，便忙着上东大街看牌坊灯，看出令箭种种热闹，及至过了元宵，烧过龙灯，忽听得满街上许多小孩子拍手唱道："火烧门钱纸，开门作生理。"呵呀，这便

---

① 二水公爷：指旧时成都好闲荡、绷漂亮的年轻人，又称"假绷公爷"或"假哥儿"。

是过新年的尾声了！别人听了，还不打紧，惟有我们小学生听了，不禁愁上心头，只因正月二十便是开学之期，又将拘进学堂受罪去了。这如何是好！呵呀，这如何是好？

（原载 1915 年 7 至 9 月《娱闲录》2 卷 1 至 3 期）

李劼人与成都

兵大伯陈振武的月谱

序言

一、兵的别号甚多，丘八两字大约是顶通行的了。至于在兵字之下而加以大伯的尊称，似乎只成都才如此。不过，大伯之称诚哉像是一个尊敬的名词，有如大叔大爷等等一样，但是在成都人的油滑口中喊起来时，它的含义就大不相同，任凭你是什么人，都听得出它那轻蔑的意思，较之单是喊丘八两个字时更为利害；所以这个称呼在字面上写出来看着像是很恭敬，但你切不可拿在口头去向丘八们当恭维。不然，慎防他转敬你。

二、月谱者是套年谱而作的。何以这个谱不系以年而系以月呢？因为陈大丘八虽蠢长了二十三岁，然而他的军营生活却很简短，他的一生除了数月的军营生活略生了一点起伏外，其余若干年中实无替他作谱的必要。既然要为他作军营生活的谱，那便不能系之以年，只好计之以月。独惜陈大丘八又是一个目不识丁的粗人，要不然，他一定有一部什么从军日记来供我们欣赏，不则，也可以供给我一些踏实材料，不致单凭着他一番口述，往往在有些地方不能替他写得很详细。

三、本篇所系的年月日概以阴历为主，这不是作者故意笃旧的原因，实因陈大丘八的脑袋当中，自始至终仅装了一本依着月亮编制的阴历。他固然也知道什么"公历"、"西历"、"阳历"、"新历"这个东西，只是他说的"啰啰唆唆的太难记了。我们向来就用惯正月便是正月的这个皇历，哪个再去记他那冬月当作正月的皇历！"所以他口头所说的日月，通通是"正月便是正月"的阴历，作者未尝不可以翻开对照表替他察一察，他所说的某月某日当于那年阳历的某月某日，但是一改之下，岂不失真？倒不如仍存其旧的好。

八月

陈老三，二十三岁零三个月。

陈老三生于红灯教闹事的前二年五月初七日，据说他出世时正是他妈刚要上毛厕去的时候。

本年周遭二十六县皆大闹饥荒，据陈老三说来，第一个原因是种鸦片烟的地方太多。——种鸦片烟自然是获利的事，所以从前官府不准种，察出了就要拉去砍头的时候，许多人还要偷偷的种，何况近七八年来，不但官府准人种了，并且驻防的军队尚提倡着要人种："你没有本钱买罂粟吗？我这里有，拿去用了，以后加十倍还我就是了。你害怕别人同你为难吗？更不要紧，我有队伍给你保镖，看哪个不要狗命的只管来！如此一来，谁不希图发财，一样的扒土卖气力，做正经庄稼哪里有种鸦片烟算得过帐。不料种了几年烟，才知并没有似妄想中的那等好处：第一，下种之时，便得出一次罚款；第二，栽插之时，又有所谓窝捐，便是照烟苗一窝一窝的出钱，一点也不容人含混的；第三，收烟之时，又有罚款；第四，运烟上市得交一笔保险费；第五，……第六，……此外还有若干出钱的机会。而且栽烟的多了，大家都想发财，以致烟价大跌，算来一年之中扒土卖气力通通是替别人变了牛了。那么，不再种烟就是了。却不行。地方官与驻防军官的告示贴出来了，大意说要种烟的赶快来交罚款，不种烟的也须按照罚款的例，征取一次懒捐。啊哟！这可一网打尽了，反对，反对，大家都起来反对！然而又是空费气力的事，何以言之？因为城里的绅士们早答应了，说军食要紧，这是不能不忍痛为之的；各乡的团总、甲长们也答应了，说我们有什么力量，敢与

李劼人与成都

41

军队抵抗，况且各乡都缴了罚款，下了烟种了，若只是我们这一片地方独异，你们想罢……倒不如大家匀几亩田来种下，只要有几千块钱的罚款拿去挡住，那懒捐也就可以希望豁免，而大家到底也能捡几个本钱回来呀！这话原是对的，于是你也匀几亩去种烟，我也匀几亩去种烟，自然种烟的地方就比上几年来得更多了。"

第二个原因是天旱。陈老三说："种鸦片烟把地方占去，弄得出的少，吃的多，不够，这可以说是大家自己造的孽。可是天干呢？三几个月不下雨……城里大老爷也算尽了心了：天天到城隍庙求雨，没影响；又请了四十八个和尚，四十八个道士，搭起高台念经求雨，也没影响，禁屠禁到四十天，大老爷吩咐把南门也关了，出入都走北门，又恭恭敬敬往灌县去请龙王，又贴着告示说他业已修表告天，甘愿把他自己来替代全县人民的罪孽，请上天把所有的处罚都降在他一个人的身上，可是仍然没有影响，后来听见说道尹大人也把自己当作祭品，剥洗得干干净净的，叫人把他抬到龙王庙，说愿意拿他的身体来赎这各县人民的什么过，到底还是没有影响……这自然是天老爷有意处罚我们，我们还敢说什么呢？不过我说句良心话，天老爷的意思是一半，人的做作也占一半，全县的收成固然不好，东搭西搭下来，到底也得了三成半，只因为大树坪彭旅长的家里，水田坳张团总的家里，城内陆翰林、何道尹……许多阔人家因为鸦片烟卖得好，便把钱来囤谷子，你几千担，我一万担，挺大的仓房封起，一直等到市上的米卖至一角钱一斤，他们还要等高价，勒着不卖……唉！大家把他们有什么办法？他们都是阔人呀！……"

是时，陈老三的职业，是大路旁边的加班匠。何谓加班匠？细述之不免稍稍要费点词语，可是也不得不费。

要是你们到我们这四塞之邦的四川来行走，我告诉你们罢，除了重庆以东的扬子江得有几百里的轮船可坐，在洪水天气，重庆至嘉定①，重

① 嘉定：即今四川省乐山市。明、清时，曾设嘉定州、府。

庆至合川也还有几百里，数十里的浅水轮船做你们的代步外，至于陆地上便什么都没有了：你们看惯坐惯的火车么？没有。汽车么？没有。马车么？没有。中国所独有的骡车么？也没有。那吗，拿来做代步的是什么？说来你们别诧异，还是两个人或三个人抬一个人的轿子。假设不是你们自己的轿子和自己雇定的轿夫，那你们要走五十里的近路或五百里的远路时，都得到轿行去旋雇，而这旋雇来抬你们的轿夫，便不能称之为大班，而普通皆呼之为夫子，（好尊贵的名字啊！）夫子大抵是骨瘦如柴，鸦片烟瘾绝大的苦人，他们一天能够抬着八九十斤走八十里至一百二十里。但是，一连走上三天时，你们的夫子总不免有点疲倦，那他们总在走了数十里，吃过早饭或午饭后，必定要短雇一程的零班轿夫，替一替他们的气力。

这般零班轿夫大抵都是左近百十里内的乡人们，或者因为一时的农隙，出来找几文零碎钱用的，或也因为无职业可寻，而又难去故里，一样的卖气力，却不想漂流在他乡外县去当旱骡子（普通骂轿夫的名词），于是便群聚在沿大路的各乡场上，每见一乘轿子过来，必迎着夫子道："弟兄，放加班么？"于是这般人的通称便叫作"抬加班的"，而夫子们嫌这名词累赘，遂把四个字减为三个字曰：加班匠。夫子是坐轿的人旋雇的轿夫，其工价按站计算，以现在行市说，大抵每名每八十里得付大洋一元至一元二三角不等；加班匠是夫子旋雇来替力的轿夫，其工价按里计算，以现在行市说，大抵每名每里得付小钱二十五文至三十五文不等（但你们须知现在四川的洋价，在重庆每洋一元换上五千文，在成都换上五千五百文），不过，加班匠向没有一肩头抬上六十里而不回去的，其原因就在吃这项饭的苦朋友多了，逐程之间，隐隐都有一个地界，任凭气力再大，总没有自己吃饱了而不顾别人肚皮的；所谓中国的精神文明，大约只有从这些所在去探讨罢了。

陈老三本有一肩头蛮力，身材也高大，又不吃鸦片烟，所以这项职业倒颇不辜负他，有时竟找得到二千多文一天，他说比去当散工长年好多

了。可是他家累甚重，所以天天挣来的钱全没有一个剩的，要是一天没生意，或生意不好，差不多一天就只好吃三顿小菜煮饭，而且还不敢吃饱。

中秋前后，米价越发高起来。首先闹饥荒，比乡下苦人们闹得还扎实的便是几千保国安民的驻防军队。师长旅长们开了一个军事会议，说："本师的火饷本来就有限，今当如此的荒年，米价飞涨三四倍，出入更自不敷，非请本县绅商设法救济不可。"于是一纸公文送给商会与县知事、征收局长，叫他们赶在三天之内共筹军饷三十万元，以免饥兵鼓噪，事出不测。陈老三说，究竟筹出了多少，他不大清楚，只风闻师长说还是不够，遂把几千弟兄分驻到各乡场中，下了个自由征发的命令叫大家各自去找吃的。

弟兄们何幸得了这个自由，自然他们就尽量的把这两个字发挥起来，第一个受了影响的便是陈老三。姑且不说时势大变，大路上加班生意一天难得找上两趟，纵然就抬得几百钱，也没处去买米；稍微藏有几斗米的人家，都被丘八大爷占领了，你敢问上门去买吗？藏米顶多的人家，又是顶有势力，还藉着丘八的保护一船一船运到别处去卖顶高的价钱，他能分点余沥来示惠于本境的人吗？所以到八月二十三这一天，他看见形势不佳，心想蹲在家里，只有饿死的一条路，倒不如出去闯去。再一看身边的一个老娘和两个半成人的妹妹，都饿得神魂不定的，寻思："到底顾不得她们了……就把我饿死，她们也没有一点好处……不如悄悄溜走，免得大家难过。"

九月

陈老三之走，其名就叫逃荒。凡逃荒的自然没有一定的地方，只是一味的逃而已矣，走而已矣。

九月初五日，陈老三不知不觉的就逃到了成都省城的北门外。他出门外时，身上没有半文钱，脸上是黄皮寡瘦的，他走到北门外时，荷包里虽没有许多钱，但到底还剩有两枚当二百文的黄沙铜钱，脸上并不见得比出门时更瘦，或许还稍稍丰润了一点。他在途中究竟得了什么机会，什么遇合？乃能致此？却因陈老三咬着牙巴不肯说，问急了，他只是红着脸皮笑道："说不得……"

成都省城，这个名字之在一般从未进过省城来的乡下人的耳里，向来就不知道有如何的响亮。大家往往在豆棚底下谈起天来，一下谈到成都省，众人便各自把他从别人口中辗转叫得来的"说成都"放大加重六七倍的谈出，好像临潼赛宝一般，越来越多，越多越不像样，其结果，成都简直不是成都，简直就是天上的宫阙，而天上宫阙是如何样的，这可只好想想，却说不出口啦！

所以陈老三一到成都北门外，早就睁起一双大眼睛沿街细瞧了去。也不见得有甚出奇的地方：街面诚然要宽些，但铺街的石板十块之中就有七块是烂的，还远不如他们乡场上的街面平坦整齐；铺店诚然要高大些，还不是那样东倒西歪，又邋遢又难看的；仔细看来，觉得比外县不同而出众的，无非卖洋广杂货的铺子和卖酒卖肉的铺子到底要多些，干净些，好看些，而在街上走的人也到底要多些，整齐些，斯文些罢了。据陈老三说，他是早晨到的北门外，只半天把几条热闹的大街通走了一个遍，他虽尚未进城，而心里早蔑视起这个地方来，觉得也不过如此，到底是"听景不如见景"，反不如在乡里，大家口头提说的成都还觉得有趣得多。但他后来却说："我那时真没有想到城里果自不同，后来才晓得成都省虽不一概像我们以前所猜的，到底气派上堂皇得多，首先那个少城公园就不是容易找得出的，何况总府街、东大街一带也真正的阔气。"

成都北门外虽未能如陈老三的意，但与他的出处却很有关。何以言之？因为陈老三说："那时我荷包里虽说还剩了四百钱，但我到饭铺子里，一个帽儿头（白米饭一大品碗之称）就吃掉了三百，搭上五十个钱的小菜，出了铺子时，身边只剩了十个大青铜钱（四川历年滥铸当二百

李劼人与成都

的大铜元，以致弄到钱荒，大家遂无意的把以前的制钱价格提高，一枚制钱当名义上的五枚制钱，从此，所谓一文钱两文钱便只存名而已，与法兰西的'生丁'相似）。到一家小茶铺里花八个小钱泡了一碗茶，荷包里便只存了两个小钱了。我不由就愁了起来，心想打个什么主意呢？况我乍到此地，人生面不熟的，就要卖气力，也找不到买主；难道几百里地奔到成都省，还是来当伸手大将军（乞丐）不成？

"我闷了好一会，无意的看见就是这家茶馆门外的柱头上，插了一杆尖角旗，写了几个字；我也无意的问堂倌——因为他刚刚过来给我冲开水——'你们宝铺中扎的是那一师，怎么不见一个弟兄？'他说：'我们这里并没有扎军队，只有一个招兵委员住在柜房隔壁的房里，说什么队的，我也弄不清楚，你看那旗子上不是写得有吗？'背时的！那堂倌还是同我一样，两眼墨黑。不过我当下却动了心了。想我横竖是没处吃饭的，管他是啥子（啥子犹言什么）队，吃粮当兵去。好在眼前当兵又不要啥子十八般武艺，也不考啥子文墨，有气力就行。气力我是有的。……"

于是乎九月初五日的下午，陈老三遂由逃荒的加班匠摇身一变，变成了一位正式的丘八大爷。至于中间的经过如何，因为他语焉不详，只好阙疑①待考。

他不但变成了兵，而且还更易了名字。这因为招兵委员提笔写他的名字时，说："陈老三这个名字太土俗，不像一个军人的称呼，你还有别的名字不？""只有一个小名叫狗儿。""这更不成话了！等着，我替你改一个……也好，从前我有一个朋友，也姓陈，打死了，他的名字叫陈振武。这不是又威风又好听的吗？现在我就给你写上：陈振武……威武的武字，记清楚！今夜点名叫陈振武，就是你了。"

陈振武岂但名字威风，就是在全般新招的丘八当中，他的身材气概

——————
① 阙疑：意思是有疑问暂搁着不论，不作主观臆断。见《论语·为政》："多闻阙疑，慎言其余，则寡尤。"

也要算是顶威风的。何以言之？因为四川近来招兵很不容易，差不多的人都不愿去，陈老三要不是逃荒，也绝不会这样轻巧的，就改名叫陈振武了；又因为一般当军官的极恨老兵调皮，喜欢的便是新兵，新兵当中尤其喜欢小孩子，这也不知是哪个发明的，一般人都说，小孩子不但容易驾御，并且打起仗来也行，十几岁的浑头子，不知天高，不知地厚，喊声上前，他断不会退后。大约以前军中也曾有过这样几个十七八岁大胆的浑虫，于是到柳和当四川什么督理时代，一般军官都迷信这个定理——尤其是柳和手下的人——更从而扩张之，所招的新兵不但十成当中照例要搭六成乃至七成的小孩子，而且十成小孩子当中年龄达到十六岁，身材长够三尺二寸，手上提得起十斤重量的，又不过一二成而已。你们若不信我的话，尽管去问在那个时代到过成都的人们，他们一定会告诉你，那时凡是抱着破土碗在街上喊"善人老爷，锅巴剩饭"的小乞讨通没有了，通穿起二尺五寸又长又大的灰布军服当丘八大爷去了（这**绝不是笑话**）！这是风气如此，所以在陈振武所投的这一伙新兵当中，陈振武真可充当得起第一个真正的大人。那般小伙伴要同他说话时，都得吃力的仰起头来，也就因为这个原故，陈振武就成了一伙新兵当中顶拜得客的盖面菜，而大受长官们的青眼，到九月十七他们在北门外金绳寺大院子中正式受编时，他站了全队的第一名，编为一等兵，招兵委员当了连长，曾告诉他不久可以升他做下士。

　　编制之后，各个新兵的胸前便戴了一个标记，巴掌大一块长方形的白洋布，顶上横着写一行什么队第几连第几排几个小字，竖起一行几等兵某某几个较大的字，字上又盖一颗鲜红的图章。戴上标记之后，便当受"兵法部勒"，新名词叫军事训练。这也是容易的事，无非关在一个大院落当中，一百多人都不准随便出去进来，院落门前，无明无夜的轮班派着两个人对面站在那里，名叫执卫，因为是新兵，每逢执卫时，连长总要选几个上士中士的老兵照料着；其余就是早晨起来站在一排等长官点名，两点钟的徒手操，走走正步，喊喊一二三四（然而竟有弄不来，被老兵们左一个耳巴右一个耳巴打得哭的）；过后便吃早饭，饭后随便起居，到时候又吃午饭，下午又是两点钟的徒手操，跟着便吃晚饭；傍晚又站成一排等长官点名，其后就听长官教规矩：要怎样的对长官行礼，要怎样的服从长官……其后就睡觉，并没有床，只是拿些稻草厚厚的铺在地上，再铺一条草席，上面一条稀烂极脏的棉被，有时要停匀盖三个人。

就是如此，而在陈振武已算是大享其福了。当他在当散工长年和加班匠时，何曾这样的清闲过！何曾每日停停匀匀的吃了三顿白米饱饭而绝不卖气力的！在他只想得这样无灾无害的过上几年，却断不想伙伴当中还居然有抱怨说太苦了的，他亲耳听见述苦的有两个人，一个是曾经当过四年半正式的兵，并且打过几次仗的，上月才被人解散，把四块钱的退伍费吃完，不甘心去改行，现在仍旧跑来投军；他自己说是潼川①人，名字叫作张金山，目前充当着上士；他最以为苦的就是只有饭吃，而无钱使。他常暗地里向别的人说："连长的算盘也打得太凶了。他招我们一个人在上头领六块钱；论起来这钱本应该我们得的，你就要吃，也得平半分三块钱给我们才是。但他拖到上星期只给了半块钱，还说是他挖腰包贴出的。弄得老子们要想喝杯酒也通挪不出，你说，这可不是背时吗？……"

陈振武方晓得他们投军原是别人拿他们来卖钱的。他们的价格每人六块钱，而本人可以得半块钱，可是他名下应得的半块呢？他遂插口问道："你们都得了半块钱吗？我们的呢？"张金山和其他几个老兵都笑了起来道："你们的？在帐簿子上……弟兄，告诉你，像你们这般新毛猴，想拿铜元还早哩！不过你一个人不同一点，你要使钱，可悄悄的去同司务长商量，也许还拿得到几百文。"

第二个述苦的是一个十三岁的瘦弱小孩子，看那样儿好像在害虚弱

---

① 潼川：旧时府名，即今四川三台县。

症似的：颈项细得同葛藤一般，叫陈振武来，一把就可给他捏断。他之所谓苦，就在一天几点钟的操场，什么正步，快步，跑步……实在有些弄不来。因为弄不来，挨耳巴子最多的也是他。往往毕了操场，他总是一个人抱着脚躲在房里又哭又摸的道："咈，咈！……我不干了，我不干了！"一百多人中以他一个人的衣服穿得还整齐，皮色也生得白嫩些，陈振武心里想这一定是哪家粮户的老少罢？不错，硬是的。在他扒院墙逃跑的前一天，他曾告诉陈振武说他父亲是温江县的粮户，他在城里进学堂，约同几个同学的出来进烟馆烧鸦片烟，无意中碰见一位极有趣的朋友，两个人谈得合式，便一块去喝酒看戏，都是这老少出的钱。后来学堂功课逼得紧，老子又不给他寄钱，知道他在城里胡闹，便请人到学堂重托先生们严加管束他。他晓得消息，知道后来的日子不好过，就同这有趣的朋友商量改行干别的事。这朋友便一再劝他当兵，说了多少好处：什么吃烟不给钱啦，喝酒，可以赊帐啦，这些本又是他看见过的陈例，于是收拾一包行李便同这朋友溜出来。这朋友把他身上的钱通取了去，还连同一包行李，说等他入伍后再给他送来；其实把他送与这连长后，早就不知他的去向了。他曾去问过连长，连长说："那不是你的哥哥吗？他早回去了，还把你的入伍费领了四块钱去哩。"

他知道受了骗，本想在营盘中熬下去的，可是如今熬不得了，这样的苦！而张金山们昨天又来把他一件新洋缎夹紧身估着剥了去，说不日发下军装，这些普通衣服便不中用，不如早点送给他们拿去卖了倒好。若再不逃走，怕他的皮还会被人剥了去哩。他遂哀求陈振武帮他翻过院子墙去，这因为围墙本不算高，陈振武只要一伸手就搭得着墙帽子的。陈振武算是还有义气，公然答应了他。

早晨点名时，大家方察觉逃跑了一个新兵；这一下便大大搜索起来。连长很是生气，口口声声说："这还了得！目无军法了，要是捉住，立刻枪毙。"并一面把手枪拿出来迎着太阳乱舞，一面吆吆喝喝督着一般老兵们搜。陈振武倒为那老少提心吊胆了一天，一直到傍晚点名以

后，尚没有影响，他方安心睡下，临睡时还叹息了一声道："就打死我，我也不愿意逃走啊……"

（节选，原载 1927 年 2 月《东方杂志》24 卷 3、4 号）

第二辑

四川大学
文学博士

胡余龙

李劼人是一位极具特色的川籍作家，其文学作品的独特魅力源自对故乡深深的爱恋。在这一辑里，作者以生动精练的语言，细致描绘了成都的社会风俗和地域文化，展示了成都乃至四川特有的生活经验。

李劼人特别擅长从一个具体的侧面切入，然后深挖下去，精细刻画四川的乡风习俗，从而组合成一幅恢宏的社会风俗史画卷。作为中国传统文艺的一种"特技"，春联在腊月下旬的街头巷尾随处可见，既有现成的诗句或成联，也有临时写就的"切合身份"的联语（《春联》），其中最为有趣的是伍生辉因为一副春联而平步青云的故事。东大街是被誉为成都"首街"的繁华街市，那里的牌坊灯是"顶多顶好"的，"灯光荧荧，满街都是"，透过文字都能让人想象得到当时夜市的热闹景象（《东大街》）。四川人历来重视各类节日，即便是穷如伍家也要体面地过端阳节（《端阳节》），在中元节当天扫坟祭祖对于四川人来说更是一件大事（《中元节》），通过这些节日可以窥探到当地民俗文化的风貌。至于《漫谈中国人之衣食住行》一文，虽然名为谈中国之衣食住行，实为谈四川之衣食住行，单就饮食一项，就有说不尽的话题，让人有按捺不住的品尝川菜的冲动。

这一辑的文章从不同角度刻画了四川的风土人情，春联的内容、牌坊灯的样式、端阳节的仪式，李劼人记得那么清楚，写得那么翔实，所有的文字都浸染着他对那片土地的深切的爱。

春联

　　想到壬寅春节是我国在连续三年大灾害之后，决可转入一个上好年景的年头。为了表达我至诚祝愿，因拟一副春联，安排过春节时，贴在我菱窠的木板门扉上。春联刚刚拟好，恰巧《西安晚报》编辑同志远道来信，要我对壬寅春节写点什么东西。无已，便将这副春联移赠《西安晚报》作为我对西安朋友一片至诚祝愿，假如可以的话，便请看这春联的联文：

　　　　人尽其才，地尽其力，物尽其用；

　　　　花愿长好，月愿长圆，人愿长寿。

　　通统是古人撰的文词，我当然不能代表说撰得不好。我只能说，下联三句头二字着我颠倒一下，未免点金成铁。其次是，上联有个"人"，下联又有一个"人"，也是毛病。再其次是，二十四个字几乎都是"平"对"平"，"仄"对"仄"，若叫我的私塾老师看，（幸而老师早已去世，没法看得见！）准要打手板几下，以作"俭腹①谈文"之戒，春联虽是一种"雕虫小技"，到底是我国文艺中一种特技。从前的文人学士，好多人都喜欢搞这一道。尤其在腊月下旬，我们成都街头巷尾，就有春联摊出现。老师们（大抵是三学②中穷酸，和教私塾的学究先生。）磨出大盘墨汁，裁选出大大小小、长长短短的朱砂红纸，等候农工商贾、住家人户来照顾一两副春联，去贴在刚正打扫或是洗涤干净的大门门枋上，作为除旧迎新的标帜。

　　春联摊上写的春联，大多数是现成诗句，或者早已传诵的成联。但遇着老师高兴，也可问清你是哪行哪业，临时撰就一副切合身份的联语。比方说，你尊驾是打铁的，那，他撰的联语，便是：

李劼人与成都

---

　　① 俭腹：犹如枯肠，比喻学识不足。

　　② 三学：唐代国子学、太学、四门学的简称；在宋代，太学又分为外、内、上，称三舍，初入学的为外舍，然后依次递升。这里指入过了学的读书人。

三间东倒西歪屋，

一个千锤百炼人。

（注：此联借用于某笔记）

你尊驾是裁缝，他撰的联语，则是：

裁遍春风三月锦，

缝成花样十分新。

你尊驾是摆书摊的，兼收售新旧书籍的，联语是：

九十日春朝暮雨，

两三间屋古今书。

你尊驾是开骡马店的么？他撰的是：

左手牵来千里马，

前身定是九方皋①。

（注：此联亦借用于某笔记）

诸如此类的联语，多啰，再录百十副，也录不完。

不过老师们年年挥洒出来的，还是古人诗句和现成联语为多。以我们成都而言，记得从前到处看得见的，总不外是："小楼一夜听春雨，深巷明朝卖杏花。""又是一年春草绿，依然十里杏花红！""五风十雨升平世，万紫千红总是春。"四字句，多半是："物华天宝，人寿年丰。""开门见喜，对我生财！"一般商贾们大抵都喜欢贴这样的春联："生意如三春花柳，财源似万顷波涛。"

在清朝光绪末叶②，我们成都出过一件因贴春联而得了好处，因而出了名的佳话，现在成都七八十岁的老年人还知道这件事。容我记述于下，作为我这篇该打手板的短文煞尾好了：

那时节，有一个候补知县大老爷，是陕西省泾阳县举人出身，姓名叫伍生辉，号介康，分发来四川候补，因为赋性梗直，不善逢迎，一条

54

① 九方皋：秦穆公时一位善相马的人，姓九方，名皋。

② 光绪三十二年丙午即公历1906年，系元旦立春。——作者注

水晶板凳，一坐十年。据说，这一年，穷得几乎当尽卖绝，过不了年，伍大老爷满腹牢骚，遂在除夕日，撰写了一副春联，贴在大门口。不想次日元旦，四川总督锡良朝了会府①回衙，打从伍大老爷寓所而过，从轿中看见这副春联，不由大喜，认为这是才人手笔。不但当日就传见了伍大老爷，而且不等开印②，就叫布政司挂牌，委他署理绵竹县知县。伍大老爷从此飞黄腾达，才名远驰。从前许多穷酸说起此事，无不垂涎羡慕。措大③们眼孔小，没有抱负，且不管他。若以文笔而论，伍生辉这副春联确还可诵，现在请看他的联语：

　　　十年官比梅花冷，

　　　一夜春随爆竹来。

一九六二年腊尽冬残之时

（原载 1962 年 1 月 31 日《西安晚报》）

李劼人与成都

55

东大街

自正月初八起，各大街的牌坊灯，便竖立起来。初九日，名曰上九，便是正月烧灯的第一宵。全城人家，并不等什么人的通知，一入夜，都要把灯笼挂出，点得透明。就中以东大街各家铺户的灯笼最为精致，又多，每一家四只，玻璃彩画的也有，而顶多顶好看的总是绢底彩画的。并且各家争胜斗奇，有画《三国》的，有画《西厢》、《水浒》，或是《聊斋》、《红楼梦》的，也有画戏景的，不一定都是匠笔，有多数是出自名手，可以供雅俗之赏。所以一到夜间，万灯齐明之时，游人们便涌来涌去，围着观看。

牌坊灯也要数东大街的顶多顶好，并且灯面绢画，年年在更新。而花炮之多，也以东大街为第一。这因为东大街是成都顶富庶的街道，凡是大绸缎铺，大匹头铺，大首饰铺，大皮货铺，以及各字号，以及贩卖苏广杂货的水客，全都在东大街。所以在南北两门相距九里三分的成都城内，东大街真可称为首街。从进东门城门洞起，一段，叫下东大街，还不算好，再向西去一段，叫中东大街和上东大街，足有二里多长，那就显出它的富丽来了：所有各铺户的铺板门枋，以及檐下卷棚，全是黑漆推光；铺面哩，又高又大又深，并且整齐干净；招牌哩，全是黑漆金字，很光华，很灿烂的。因为经过几次大火灾，于是防患未然，每隔几家铺面，便高耸一堵风火墙；而街边更有一只长方形足有三尺多高盛满清水的太平石缸，屋檐下并长伸出丁宫保丁制台所提倡的救火家具：麻搭、火钩。街面也宽，据说足以并排走四乘八人大轿。街面全铺着红砂石板，并且没一块破碎了而不即更换的。两边的檐阶也宽而平坦，一入夜，凡那些就地设摊卖各种东西的，便把这地方侵占了；灯火荧荧，满街都是，一直到打二更为止。这是成都唯一的夜市，而大家到这里来，并不叫上夜市，却呼之为赶东大街。

东大街在新年时节，更显出它的体面来：每家铺面，全贴着朱红京笺的宽大对联，以及短春联，差不多都是请名手撰写，互相夸耀都是与官绅们接近的，或者当掌柜的是士林中人物。而门额上，则是一排五张朱红笺镂空花贴泥金的喜门钱。门扉上是彩画得很讲究的秦军胡帅，或是直书"只求心中无愧，何须门上有神"，以表示达观。并且生意越大，在门神下面，粘着的拜年的梅红名片便越多，而自除夕直到破五，积在门外，未经扫除的鞭炮渣子，便越厚，从早至晚，划拳赌饮的闹声，越高，出入的醉人，也越多！

除此之外，便是花灯火炮了。

从上九夜起，东大街中，每夜都是一条人流，潮过去，潮过来。因此，每年都不免要闹些事的。

这一年，自不能例外，在上九一夜，凡乡下人头上的燕毡大帽，生意人头上的京毡窝，老酸公爷们头上的潮金边子耍须苏缎棉瓜皮帽，被小偷趁热闹抓去的，有二十几顶；失怀表的，失鼻烟壶的，失荷包的，以及失散碎银子的，也有好几起。失主们若是眼明手快，将小偷抓住，也不过把失物取回，赏他几个耳光，唾他几把口水了事。谁愿意为这点小事，去找街差总爷，或送到两县去自讨烦恼？何况小偷们都是经过教训，而有组织的，你就明明看见他抓了你的东西，而站在身边，你须晓得，你的失物已是传了几手，走得很远了；无赃不是贼，你敢奈何他吗？所以十有九回，失主总是叹息一声了事。

（选自《死水微澜》，1936年7月由中华书局初版，题目为编者所加）

端阳节

端阳节是三大节气之一，万万不可胡乱过去。即如伍家之穷，也与其他穷人一样，在五月初二，就打起主意：把伍大嫂首饰中剩下的惟一银器，一根又长又厚又宽，铸着浮雕的张生跳粉墙的银簪子，拿去当了，包了四合糯米的粽子，买了十二个盐鸭蛋，十二个白鸡蛋。到初五一早起来，将一绺菖蒲，一绺艾叶，竖立在门前；点燃香烛，敬了祖宗，一家人喜喜欢欢的磕了头，又互相拜了节，坐在桌上，各人吃了粽子、蛋、白煮的大蒜，又各喝了杯雄黄烧酒。伍太婆将酒脚子在安娃子额头上画了一个王字，两耳门上也涂抹了一些，说是可以避瘟。伍大嫂在好多日前，已抽空给他做了一个小艾虎，和一只小小的香荷包；伍平又当天在药铺里要了一包奉送买主的衣香，装在香荷包里，统给他带在衣襟的纽门上。

一家人吃饱之后，无所事事，都穿着干净衣裳，坐在门前看天。

晶明的太阳，时时刻刻从淡薄的云片中射下，射在已有大半池的水面上，更觉得晶光照眼。池西水浅处，一团团的新荷已经长伸出水面，半展开它那颜色鲜嫩的小伞。池边几株臃肿不中绳墨的老麻柳的密叶间，正放出一派催眠的懒蝉声音。

池北的城墙，带着它整齐的雉堞，画在天际云幕上，谁说不像一条锯子齿？

伍平把新梳的一条粗发辫，盘在新剃了发的顶际，捧着一根汗渍染黄的老竹子水烟袋，嘘了两袋，忽然心里一动，想着江南馆今天的戏，必有一本杨素兰唱的《雄黄阵》的。站起来，伸手向他老婆道："今天过节，拿几个茶钱，我好出去。"

今天过节，这题目多正大！伍大嫂居然不像平日，居然从挑花肚兜中，数了十几个钱给他。

伍平高高兴兴，披着蓝土布汗衣，走到街上。出门拜节的官轿，正络绎不绝的冲过去冲过来。跟班们戴着长红缨凉帽，穿着蓝麻布长衫，手上执着香牛皮护书，跟在轿子后面，得意洋洋的飞跑。

家里稍有一点钱的小孩们，都穿着各种颜色的接绸衫，湖绉套裤，云头鞋；捏着有字有画的折扇；胸襟上各挂着许多香囊顽意。还有较小的孩子，背上背着一只绸壳撮箕，中间绽着很精致的五毒。女孩们都梳着丫髻，簪着鲜红的石榴花，穿得花花绿绿的，坐在门前买零碎东西吃。

满街上差不多除了大喊："善人老爷，锅巴剩饭！"的讨口子外，就是穷人也都穿得干干净净，齐齐整整的。

（选自《暴风雨前》，1936年12月由中华书局初版，题目为编者所加）

中元节

阴历七月十四日是黄澜生家的中元祀祖烧袱子的一天。

中元祀祖，在当时的四川习俗中，是一件家庭大事，它的意义好像比清明、冬至的扫墓、送寒衣还重要。因为这原故，楚用已经三天未去学堂，一直留在黄家帮着撕钱纸，写袱子。

成都的钱纸，由于铁戳子打得很认真，不但钱印紧密，每一叠上的钱印还是打穿了的。要烧它，便得细心而耐烦地撕开。撕破了还不好，据说，烧化了是破钱，鬼不要。每每十斤一捆的钱纸，必须用相当多的人，撕相当多的时候。从前忌讳女人撕钱纸，说女人是阴人，与鬼同类，经手的钱纸，烧化仍是钱纸，变不成钱，骗不了鬼；甚至说女人身上不干净，经手的钱纸有秽气，即使烧化了成钱，鬼也嫌脏。

自从维新之后，越到近年，破除迷信、提倡女权的学说越得势。黄澜生对于烧钱纸骗鬼，已经有了怀疑，但他又说："不信鬼神可也。祭祀自己祖宗，是儒家慎终追远的道理，说不上迷信。今天烧钱纸，即是古人化帛，只能说是一种礼节。"既然只算一种礼节，他就不像从前那等考究：首先，在每次祭祀祖宗时候，便不一定要买上几捆钱纸来，使大家撕得头昏脑涨；其次，黄太太、婉姑、菊花、何嫂等人要来插手帮忙，他也能够尊重女权，再不像从前那样有所忌讳。

中元祭祀祖宗还另有一种礼节。那便是焚化的钱纸，不能用撕开来就烧的散钱纸，必须把钱纸撕开，又数出同等数目，叠成若干叠，每一叠还必须用纸铺里专卖的一种印有花纹格式的纸张包好，用糨糊粘好，这样，才叫一封袱子；而后还必须端肃容仪，用小楷字在袱纸封面上按格式填写清楚："敬献清故奉政大夫祖考□□公冥收，裔孙黄迥沐手具。"还有祖妣名下的，还有考与妣名下的，都要一封一封地写。比如敬献祖考名下袱子一百封，祖妣名下一百封，考与妣名下各八十封，那就得恭书三百六十封。再加上几个旁支亲属的男女，每年的袱子，总在四百封以上，小楷字数在一万字以上，这对不经常写字的人说来，真是一项不轻巧的工作。往年当然只有黄澜生一个人来作了，今年偏偏公事很紧，一天假也不能请。到七月十二日，楚用在学堂作了报告回来消夜，黄太太提议请楚用代笔。黄澜生很是高兴，为了敬事起见，还给他作了三个长揖。并且点上洋灯，流着汗，坐在书房内的书案前，先写了几张范纸，再三嘱咐不要写破笔字，不要写行草，怕的是祖宗有灵，要怪后代儿孙心不诚，意不敬。

祭祖宗在下午三点钟，烧袱子在擦黑时候，这也是成都的习俗。今年虽然罢了市，但是从七月十一日起，每条街，仍然有不少人家祭祖宗，烧袱子。各处寺庙里的和尚也仍然在做盂兰会。仅只没有唱戏。

黄家为了主人的方便，祭祖移到下午五点钟。上供的八盘菜肴，照例由女主人亲自下厨烹制。直到六点钟，三献三奠，男女主人盛妆黼黻，连振邦、婉姑都打扮齐整，叩头送神之后，大家换了便衣，方把菜肴撤到倒坐厅内，共享福余。

（选自《大波》。1937年中华书局初版"老版《大波》"，全书分上、中、下三卷，近五十万字；1949年后出版的各种"新版《大波》"，是作者因各种原因所做的重写本，共分四部分，重新写作部分达四十万余字。题目为编者所加）

漫谈中国人之衣食住行

照题目所标，应该先谈衣，而后才是食，才是住，才是行。但为了暂时躲懒——不！不是躲懒，而是怕热，乃取了一点巧，将一部份陈稿子翻出来加以修改，提前发表。这一来，把口头说惯的衣食住行的自然秩序，遂乱了一下，成为食衣住行。也可无伤。既然标明了漫谈，即是闲话，即是随说，自非什么璀皇典丽的大块文章，而是顺笔所之，想到哪便说到哪。略可自信的，只管漫谈，倒并不完全以趣味为主，而中间实实有些儿至理存焉；不过以随笔体裁出之，有时似乎比什么正经说话反而表白得更清楚，更醒豁。

此陈稿原曾登载于成都出版的《四川时报》副刊《华阳国志》上，（《四川时报》已于三十七年七月停刊，据说正在整理内部。至于副刊，整理得更早，就记忆所及《华阳国志》这名称，似乎没有用到半年。）由三十六年二月下旬第二期登起，每天一段，中间只漏了一天，一直登到第四十五期，换言之，即写出了长长短短四十三段。当时是为了日报的副刊写的，实在大有可以斟酌之处，今加修改，亦本孔夫子作春秋之意：笔则笔，削则削，因此才连当时副刊编辑洪钟先生苦心所加的每一个题目，都遭了池鱼之殃。同时复在谈食之余，附入谈饮若干段，故第一分目，乃名之曰饮食篇。（不曰食饮，而曰饮食，也只是从口头习惯。其实是食在前，饮在后。）将来拟援此例，于谈衣的分目下附入冠、裳、履而名《衣裳·冠履篇》。

除上所说，还得声明的，今兹改写，出以本名，而在去年《四川时报》副刊《华阳国志》上则用的是别名：菱乐。菱

63

乐者，零落也，意若曰此一篇《谈中国人的食》，原本是零零落落不成片段之东西也。情恐天地之间，难免没有一位果真叫作菱乐先生，或谐音的林洛先生……猛可地杀将出来，声称李某为文窃公，岂不是"把自己的婆娘打成了刁拐案？"怄气事小，笑人事大，怪事年年有，莫得今年多，特先说穿，以为预防。

一九四八年八月十二日写于成都菱窠

第一分目　饮食篇

一

尚能立国于天地间，而具有五千年不断之历史，人口繁殖到四万万五千万上下，自然有其可数的立国精髓在焉。不过时至而今，数说起来，足以受他人尊敬，而自己想想也毫不腼腆的，好像除了指南针、天文仪、印字术、火药、几桩有限的古董外，真可以尚能贡献于人类的，恐怕只有做菜这套手艺了！孙逸仙先生出身在广东地方，深懂此理，故说中国菜是中华文化的象征。也得亏他孙先生说了这句话，方把近一二十年来全盘洋化的潮流，砥柱了一部份。只管大买办、中买办、小买办、准买办们穿洋衣，住洋房，坐洋车，用洋家伙，甚至全家大小亲戚故旧皆话洋话，行洋腔，看公事也只限于看洋文，批洋字，但是除却花旗①水果、花旗冰淇淋外，还是要常常吃些考究的中国菜；据

---

① 花旗：从前称美国的星条国旗为花旗，也称美国为花旗国。

闻在 T.V. 某公①的行箧中，广东香肠、宣威火腿也居然俱与花旗干酪并列在一块。而且自新生活运动②勃然兴起，横冲直闯，几乎代替了三民主义以来，丰富的中国菜单，在表面上只管被限制得寒伧到两菜一汤，然而可幸的是到底还容许蒸煤炒焖的中国菜的存在，尚未弄到像在对日作战的几年内，号称陪都的重庆市面上，只许开设咖啡店，以高价出售咖啡牛奶、印度红茶，而绝对不许开设纯中国式的茶馆，出售廉价的土产茶时，那种说不出苦的茶的命运。此孙先生一言之惠的实例之一，即在招待洋国贵宾的场合中，香槟酒余，交际舞会，也才敢于以银盘瓷碗捧出纯中国作法的菜肴，而无愧焉。这种了不起的自信和自尊，你能说不也是孙先生的遗教之力吗？呜呼！"君子无易由言"岂不信乎？

二

曾有颇为通达，号称融会东西文化的世界主义者，如是说过："讨日本老婆，住西洋房子，吃中国菜，是最为合理的人生。"这话究竟对否，前二句姑且保留。至于吃中国菜一层，据受过洋教育而把所谓科学通了一半的先生们则批评曰："中国菜好吃，却不卫生。"这伙先生所訾议的，大概以为中国菜油大味厚，富于脂肪，吃多了容易疲惫，容易得胃病。真理诚然有一部份，但执一以论中国菜，则不免为偏见。因为这伙先生，本身就是高等华人，高等华人即准劣等洋人，对于中国菜，自然只曾餍于精，何曾解其粗，只会哺通肥甘③，并未咬过菜根，就他们所

---

① T.V. 某公：指曾在国民党政权中担任财政部长、行政院长的宋子文。T.V. 是他英文名字的缩写。

② 新生活运动：系蒋介石为加强其"训政"统治，于 1934 年在南昌发起，以"固有道德礼、义、廉、耻"为准则的所谓"全体国民之生活革新运动"。

③ 哺通肥甘：吃得又精致又肥美。通，这里解作纯而精。肥甘，见梅尧臣诗《依韵和春日偶书》："瓮面春醅压嫩蓝，盘中鹅炙亦肥甘"。

吃的而言，卫生不卫生，已是问题，即令不卫生，又岂止于容易疲倦，容易得胃病而已哉？克实说来，这很不道理哩！譬如吃人。我所言的吃人，并非抽象的吃人，例如"庖有肥肉，野有饿莩"，例如"朱门酒肉臭，路有冻死骨"，例如宗教家言面包是神的肉，葡萄酒是其血也，而是确确实实把一个活生生的同类宰了，洗刷的一干二净，甚至抽筋、剔骨、刮毛、伐髓，而后像猪羊般烹之蒸之，加上佐料，大家还恭恭敬敬，礼让着来吃哩。自然，这绝非在围城之际，纵然就出到十亿元的法币，也买不到一斤高粱米，而不得不出于易子而食的吃人；也不是鼓励士气，把姨太太砍成八大块，拿来犒军的吃人；也不是天干水涝，兵燹遍地，加征加借，在草根树皮泥土之后，再加以失望的不变（即是以不变应万变之不变），乃不得不仰承在上者残忍作风，来苟延一日之命的吃人，而是信史上明明载着的：为了祭祀神天，以人为牺牲的吃人；为了朝会后期，被圣人整煮在鼎中而宣扬德教的吃人；为了表示威望，讨厌别人说话，动辄把"思想有问题"，"言论不纯正"，"存心犯上"，"想来你定有什么异议"等的看不顺眼之辈，炖个稀烂的吃人；为了恐吓敌人，其实是暴露自己的不行，将敌人的亲属或煮或烧烤在阵前的吃人；为了发挥蛮性，把仇人生咬几口，像成都人之吃跳虾①一样的吃人，吃完了不算，还要把脑壳砍下，漆了，做夜壶；或是像张献忠先生似的，把朋友的头砍下，摆一桌子，举杯相邀，还美其名曰聚首之会的风雅办法。这都是略举一二以为例的古代高等华人的吃人方式，请想想，可卫生吗？

三

非抽象的吃人，自是以往之事，可不具论。现代的人在失却理性，

①　吃跳虾：或称醉鲜虾，吃法是将活的塘虾洗净盛入盘中，稍浇大曲酒，用碗覆盖片刻，趁虾晕醉未死，蘸椒麻味料而食，取其活鲜之味。

以及蛮风犹存的民族内，或许尚有存在。而在我文明古国中，大概也仅有最受礼教之毒，而深蒙君子所夸奖的愚孝子们，还不惜在生割自己的肝子或股肉，以为疗亲的灵药。不过这只算是药，犹之以人类之血浸入白面包子，而认为是补品之一。如以人肉或内脏入药，像史册中所载的种种，倒只在兵荒马乱时，偶见新闻纸上载有杀敌壮士吃鲜炒人肝的盛举。但是未敢相信，总疑是文人笔下的渲染，犹之食肉寝皮的成语类也。设若我们执教育之柄的先生不再牢牢的要恢复中国的本位文化——吃人也是我们本位文化之一，例如割肝股的孝子，例如食肉寝皮杀敌致果的忠臣义士，岂不皆包括在提倡四维八德的圈子中间的吗？影响所及，故如斩首之后，将血淋淋的脑壳高挂于城门之上的古典作法，不是在一九四八年三月的松江地方，尚来过一次？友邦人士不了解我们的特殊国情，而诋为野蛮，这真该由我们陈立夫副院长在道德重整令上加以阐发的——之时，我们倒真可放心，从今以后或者真不至于听见有吃人的事件，并希望维护正义的宣传人士们，也不要再渲染那些太不人道的残酷行为，以免间接教坏了人心。

四

要而言之，中国菜诚然为中国文化的象征，但须从好与歹两方面去看。单如高等华人之所享受，那只算是一方面，吃多了，不卫生，也是事实。但是我们也得掉过眼光，把百分之八十以上的老百姓所服食的东西瞧一瞧，而后我们再作议论好了。克实说，中国老百姓桌上的菜单，委实不大好看，举例说罢，（读者原谅，因为我是成都土著，游踪不广，见闻有限，故每每举例，总不能出其乡里，至多也在四川省的大范围内，这得预先声明的。）四川省是不是一般人都认为地大物博之处呢？尤其在对日作战之时，到过几个大城市如成都、重庆、内江、泸县、三台、遂宁，旅居过的一般外省朋友，谁不惊异家禽野禽的肉类是那么丰富，园中畦内的蔬菜是那么齐备，而菜肴的作法，又各有其独到与精致？如其以为其余六千多万的川胞，都在这样的吃，那就非常错误。我可以坦白告诉大家，在天府之邦内，能满足此种口福的，仍是少数的高等华人，而绝大多数川胞，还不必计及处在下川东、大川北、上川南（今日应该说是西康省），以及僻处在川西之西的人，光说肥沃的川西平原内，成都附郭的乡村罢，若干种田莳菜的劳苦大众，一年四季连吃一顿白米饭尚作为打牙祭①，而主要食品老是玉蜀黍，老是红苕、芋头，老是杂菜和碎米煮的粥，老是豆多米少的饭，这还是有八成丰收后的景象。他们要求的，只在平平静静的终年吃得饱，哪里还敢涉想到下饭的菜肴！倘若每顿有点盐水泡菜，有点豆腐或家造豆腐乳，有点辣子或豆瓣酱，那简直就奢华极了。他们没力量来奉行"食不餍精，脍不餍细"的圣教，也没力量来实践节约运动，这便是中国劳苦大众顶基本的吃！

五

全中国劳苦大众基本的吃，好像很卫生，因为我们从未听见过他们在吃了之后，有闹疲倦，闹胃疼的把戏。他们有时也不免要闹胃病，除了小媳妇子挨骂受气，每每以眼泪进饭，得点心口痛外，大抵便因吃了淀粉质食料，或什么过份不能消化的东西，塞得太多，胃格外扩大。不然便是简直没有吃的，连印度已故圣雄甘地在绝食时所用的清羊奶橘子汁都没有——自然更不能想到，以绝食来争取义务的国大代表先生们所服用的那些代替品——而强勉装进去的，只有天然的水，这样，胃就只好格外的缩小了。要医治这两种胃病，绝非专门学医的名医们所能奏效，除非有大勇大悲的医国圣手，能够从中国政治

---

① 打牙祭：见于唐代《丛谱》。据说，每月初二、十六，例以三牲祭幕府的牙旗，在四川，以遗俗至今，每月初二、十六吃肉一次，便名打牙祭。——作者注

经济脉案上，或从外国的各种科学上，去寻取一种适合人情的什么大药，而小心的、公正的、勿固勿我的来处理，那就真不容易为功啦！不过，这种圣手并不世出，而一般劳苦大众倘遭到了上说的两种胃病时，仍只有自己医治之一法。其方为何？曰：治胃扩大的奇方，莫如少吃；治胃缩小的奇方，就是见啥吃啥，甚至吃太阳的红外线紫外线；再不好，还有两种猛药：死与逃。至于最卫生的方法：造反，那却要在科学不甚昌明，闭关自守时代，才用得着，非所以语于今日"有朋自远方来，不亦说乎"的中国。

六

曾经作过一篇《白种人之天下》的吴君毅①先生，同时发表过几句名言曰："北方是牛羊之邦，南方是鱼虾之邦，我们四川则是菜蔬之邦。"此言大体不差。倘必吹毛求疵，那吗，北方的白菜、萝卜、洋芋、山药，以及上好的豆类瓜类，岂能排挤在牛羊圈外？何况北平业已有西红柿，业已有红油菜苔，而阴历元宵灯会时节，且有在暖室里提早培植出来的王瓜。在我们蔬菜之邦的成都，在阳历十月里可能吃蚕豆，腊月里可能吃春笋，然而在数九天气吃王瓜，好像还没有听说过（将来可能有的）。又譬如云南是回教徒很多的地方，所以昆明西门洞的清真馆清炖牛肉就比天津"老乡亲"的好。而同时昆明的苦菜，也并不下于广东的芥菜，虽然与四川涪陵的羊角菜两样。就四川说罢，诚然蔬菜种类又多又好，略举几色为例：重庆的青菜心，洋莴苣；江津、合川的子芽姜；下川东一带的沙田豌豆、糯包谷（玉米）。上面已提到涪陵的羊角菜，也就是作出有名鲊（或写作酢，写作柞，皆非也）菜的原料；北川一带的红心苕，又是粮食，又是好菜；峨眉的

① 吴君毅：字永权，曾留学日本习法律；历任成都大学、四川大学教授与川大法学院院长。

苦笋，乐山的芥蓝菜，梓橦、剑阁一带的蕨苔，上川南的石花菜（这是南宋陆放翁最为欣赏的一种韭菜类植物，连这高雅的名字，也是放翁赐的）、头发菜、鸡㙡菌 [①]，皆不过窥豹一斑耳。至于成都平原的菜蔬，那就更齐备了。大抵因为气候，土壤，肥料，都适宜罢，许多别处不能培养的东西，它都出产，而莳菜的艺术，也行。譬如最难移植的外国露笋、石莲花，居然能以培壅芹黄、韭黄的手法，将其繁殖起来。又如出产牛角红辣椒的丘陵地带，便非常适合于栽种番茄（即西红柿，又名洋柿子，译名应为"多马妥"），这东西的入成都，不过二十六年，为大众采用，更只八九年的光阴，但现在已保有三十几个优良品种，而且生产期也颇长，每年三季，可以延长到九个月，最迟的可能到阴历腊月初，倘将老的根茎保护得好，不为严霜所欺，则次年立春后不久，市上又有新鲜番茄出现。由此观之，吴君毅先生所说的蔬菜之邦，其以成都为代表乎？但是，成都又岂只是蔬菜之邦吗？

七

成都又岂只是蔬菜之邦？自然还得加以说明的，不过我先得插一段正面的闲话，即是：纵令它可以专擅这个名词，而所以造成之者，岂是昔之所谓士大夫、今之所谓高等华人的功勋？而筚路蓝缕，以启山林，又几何不是劳苦大众之力？天下至理，不外由错误偷懒而有发明，不外由需要好奇而有发现。神农之尝出百草，绝不是像旧派历史家所说：有一个圣人叫神农氏者，闲得不耐烦了，突然起了仁心，要为他的子民，发现某些植物是良药，某些是毒草，并为后世走方郎中作一种大方便。非也，十二万个非也。依我的见解，第一，神农氏就

---

① 鸡㙡菌：亦名鸡菌。李时珍《本草纲目》："鸡㙡出云南，生沙地间，高脚伞头，土人采供寄远，以充方物；点茶烹肉皆宜，气味似香蕈，而不及其风韵也。"

不是一个人的榜篆，而是一族人自乃祖乃宗到若子若孙若干世的通称，而且这称谓，也好像是后世人给与他们，若有巢氏、燧人氏等，而并非他们图腾的自名；第二，这族人若干世不断的尝百草，并非都闲的不耐烦，而存心去发现什么药物，乃是在庖牺驯兽之后，肉类乃不足支持大群人的生存，忽然想到马牛羊鹿等已驯之兽，居然专门吃草得活，于是乃亦偶然采草为食，暂用疗饥，一个人吃得起劲，公然可饱，于是一群人也就逐渐模而仿之；第三，他们所尝，绝不止于百种草。百字，言其多也。换言之，即是饥饿到没有动物吃时，也就不免于见啥吃啥。官书上不曾云乎？草根树皮，是为民食。官电上不曾报道乎？今日长春城内的树叶，已值到几千万元法币一斤。以今逆古，可见神农氏那族人一定遭过什么荒年，没有肉吃，便只好吃草，而且是见草就吃，无心肠去分清某种有毒某为良卉，也无此分别的能力也；第四，最初虽无分辨能力，但久而久之，却有了经验，知道某些草好吃，某些草可以致人腹痛呕吐至死。辗转相告，口口相传，后人得其益，乃疑其有心发现；第五，此一族人，积若干世来尝草，何常是为了走方郎中？且不言上面所说几层理由，即单就神农之农字着想，亦可大为恍然，他们在前不过为了疗饥而胡乱吃草，其后乃又从偶然之中发现了草之实，与实之仁，不但比卉叶好吃，而且又能保存，又能滋生，于是乃进而发明了耕耘播植。故战国时的农家，在孟子书上遂直书为"为有神农之言者"，后世以稷为始，犹《说文解字》序云"称仓颉者一也"似的，到了稷，而后耕耘播植之事始发皇光大，并且改良罢了。

八

好些蔬菜，几何不是劳苦大众像神农氏之尝百草般，逐渐逐渐，从偶然，从经验中，发现的呢？姑且一二例为佐证：其一，如蕨苔，这就是历史上有名的以绝食来抗议暴力的伯夷、叔齐二公，在首阳山上，不得已而吃出来的，而后世的四川人，也敢于采为菜蔬的一种野生植物。最原始的吃法，是否如鲁迅先生的《故事新编》上所描写的那样，姑且阙疑，现在的四川人则将其与黄豆芽合炒，是为家常办法，其味较佳于芹菜叶之炒黄豆芽。还有，将其置于鸡鸭汤内清煮，好固然好，却未免对于孤竹君的两位公子太给以讽刺。还有将其晒干打成粉末，再将粉末团合成饼，加入荤腥之内烹之炖之。作法太多，不必细表。大致后来的踵事增华[1]的吃法，其功绩必须归之名厨师和刁钻古怪的好吃大家；其二，如成都人最嗜吃的苜蓿菜。这更显而易见，其初必是劳苦大众犹之神农氏那一族遭了什么天灾，而感染到急性胃缩小症时，无其他东西以疗饥，乃不得不把畜生啃的东西抢来尝试，不料居然消化，而且维他命还相当多，因而就口口相传的吃开了。不过，在西汉时，由天山传入的这种壮马壮牛的三叶植物，必然是和现在欧洲农家特为牛马播种耕耘以作冬粮的东西一样，那真可观啦！巍然而立，有五六市尺高，其茎干几如我们的红甘蔗。据说，牝牛吃了此物，不但壮，而且新鲜奶汁里还含有橙花香味。而现在被成都人采为蔬菜的，却变成了小草，很为娇嫩。成都人口音轻快，呼苜蓿为木须，令人几乎生疑是另外一种东西。

九

上来业已说过发明大半由于偷懒，由于错误；发现大半由于需要，由于好奇。我们可以想见，到荒旱饥饿时节，连死人都不免变成活人的食料，何况草根树皮！于是见啥吃啥的结果，乃多有发现，例如洋芋，自法王路易十三世起，据说才因荒旱而成了主要食品。而枸杞芽、

[1] 踵事增华：意谓继承前人事业，并使它更美好更完善。萧统《文选序》："盖踵其事而增华，变其本而加厉。"

猪鼻孔、荠菜、藜藿、泥鳅蒜，甚至连椿树的嫩芽，连农家种来作绿肥田之用的苕菜苞儿，其所以从野生而变为蔬菜中之妙品者，几何不是因了大多数人的经济情形不佳，不许可有好的东西吃，而一半出于强勉，一半由于好奇，才吃出来的？年来成都乡间又新出一种野菜名曰竹叶菜，草本而竹叶，丛生路边，不过范围尚小，作法亦未研精，吃的人还不多耳！苟舍蔬菜而引伸及于肉食，也可看出许多在今日高等华人菜单中被称为名贵食品的，其先，大都出于劳苦大众迫不得已而后试吃出来，例如广东席上的蛇肉，已是人人知道开其先河者，乃穷苦无依之乞丐也。因其为人人所已知，故不在此具论。兹介绍近几十年来四川所特有的四项食品，虽皆尚未登大雅之堂，然已逐渐风行，瞻望前途，殆不下于驰名四远之麻婆豆腐焉。

其一曰：强盗饭，发明时期大约只二十余年。发明地点为川东之华蓥山中。发明者，打家劫舍、明火执仗之强盗也。据说，某年有强盗一伙，被官兵围困于盛产巨竹的华蓥山，最使强盗头疼的，就是在丛山中找不着人家煮饭吃。由于迫切需要，于是一位聪明家伙便想出一个方法：将山上大竹截下一节，将携带的生米用溪水淘净，装入竹筒，一半水一半米，筒口用竹叶野草封严，涂以稀泥，放于枯枝败叶中，燃火煨之。待至枯枝败叶成灰，筒内之米便成熟饭。既软硬合度，又带有鲜竹清香。每一竹筒，可有小小两碗饭。如其再奢华一点，加一些别的好材料，的确是别具风味的好食品。不过条件太苛了，要相当大的竹，要应用时旋截，不能用变黄的陈竹，要容易成灰而火力又甚猛的枝叶，这些都与正式庖厨不合，而作出来的量又不大，费一个人的精力只够一个壮汉的半饱，说起来也不太经济。像这样，实实在在只能让逼上山林的豪杰们去享受。风雅一点，也只好让某些骚人逸士，在游山玩水之余，去作一次二次的野餐，庶几有滋味。譬如乡村美女，只管娟秀入骨，风神宜人，倘一旦而摩登之，鬈其头发，高其脚跟，黛其眼眶，朱其嘴唇，甚至蔻丹其手脚指甲，纵然不画西施为

李劼人与成都

嫫母①，似乎总不如其在乡村中纯任自然的受看罢！此强盗饭之所以不能上席而供高等华人之口也。

其二曰：叫花子鸡，叫花子偷得一只活鸡，既无锅灶，如何弄得进肚？不吃罢，又嘴馋。叫花子思之思之，于是计来了，因为身边无刀，便先将鸡头按在水里闷死，然后调和黄泥，将鸡身连毛一涂，厚厚的涂成一个椭圆形的泥球，然后集合柴草，将这泥球一烧。估计差不多了，或许已经有了香气，便从热灰里将泥球掏出，剥去黄泥，而鸡毛、鸡皮也连之而去，剩下的只是莹白的鸡肉了。鸡的内脏，也连血烧作一团，挖而去之。这在作法上言，很简单，在理论上言，似乎颇有美味，但实际并不好吃，既有鸡屎臭，又有鸡毛臭。不过后来传到吃家手上，作法就改善了，鸡还是要杀死，还是要去内脏，去鸡毛。打整干净，将水份风干，以川冬菜，葱、姜、花椒，连黄酒塞入空肚内，缝严，再用贵州皮纸打湿，密切的裹在鸡身上，一层二层，而后按照叫花子的手法，在皮纸上涂以黄泥，煨以草火，俟肉香四溢，取出剥食，委实比铁灶扒鸡还为美味。虽然也可砍成碎块，盛在古瓷盘内，端上餐桌，以供贵宾，然而总不及蹲在火堆边，学叫花子样，用手爪撕来吃的有趣。这犹之在北平吃羊肉样，倘不守在柴炉子边，一面揩着烟熏的眼睛，一面在明火上烤一片，吃一片，请想想还有啥味儿？由这样吃烧鸡的方式，不禁油然想到吃烤鸭的同样方式来。成都鸭子，并不像北平白鸭子那么肥大，但也有像北平侍弄鸭子样的特殊喂法，其名曰填。一直把只平常瘦鸭填的非常之胖，宰杀去毛风干，放到挂炉里烤好后，名曰烤填鸭。因其珍贵，吃时必由厨师拿到堂前开片，名曰堂片，亦犹吃满洲席之烤小猪样也。不过成都的烤填鸭，并不如北平的好，因为鸭子填的太胖，皮之下全是腻油，除了吃一层薄薄的脆皮外，吃不到一丁点儿肉也。至于不填的瘦鸭，也可以在挂炉里烤，其名就叫烧鸭。寻常吃法，是切成碎块，

① 嫫母：古代传说中的丑妇。《路史后纪》："（黄帝）次妃嫫母，貌恶德光"。

浇以五香卤汁，这不算好吃法；必也准时（以前多半在正午十二点钟）守在烧鸭铺内，一到鸭子刚由炉内取出，抹上糖精，皮色变红，全身犹热烘烘时，即用手爪撕下，塞入口内，一面下以滚热的大碗黄老酒。这样吃法，自然不是布尔乔亚[①]以上阶级的人所取，而真正的劳苦大众则又吃不起。在前，成都市上很多这类的卖热老酒的烧鸭铺，四十年前，青石桥南街的温鸭子，北街的便宜坊，都最有名，而西御街东口的王胖鸭店，则是后起之秀，而今已差不多全成古迹了。（王胖鸭店因为几次拆房让街，已安不下一张桌子，鸭子也烧坏了，毫无滋味。老胖、小胖皆已作古。所谓王胖，是胖人也，并非王姓而卖胖鸭也。今只有提督东街之耗子洞烧鸭店尚可，然已无喝滚热老酒之余风，遑论乎以手爪撕吃热烧鸭乎！）

其三曰：牛毛肚，是牛的毛肚，并非牦牛的肚，此不可不判明。牦牛者，犛牛也，司马相如《上林赋》注云，出西南徼外，至今仍是大小金川、康边、西藏一带的特产，且是重要的交通工具之一。毛肚者，牛之千层肚也，黄牛之千层肚肉刺较细，水牛之千层肚则肉刺森森，乍看犹毛也。四川多回教徒，故吃牛肉者众。自流井、贡井、犍为、乐山产岩盐掘井甚深，车水之工，则赖板角水牛（今已逐渐改用电力、机力）。天气寒浊，水牛多病死，工重，水牛多累死，历时久，水牛多老死。故自贡、犍、乐一带产皮革，则吃水牛肉。水牛肉味酸肉粗，非佳馔，故吃之者多贫苦人。自贡、犍、乐之水牛内脏如何吃法，不得知，而吃水牛之毛肚火锅，则发源于重庆对岸之江北。最初是一般挑担零卖贩子将水牛内脏买得，洗净煮一煮，而后将肝子肚子等切成小块，于担头置泥炉一具，炉上置分格的大洋铁盆一只，盆内翻煎倒滚煮着一种又辣又麻又咸的卤汁。于是河边的桥头的，一般卖劳力的朋友，和讨得了几文而欲肉食的乞丐等，便围着担子，受用起

李劼人与成都

75

---

① 布尔乔亚：意指资产阶级。

来。各人认定一格卤汁，且烫且吃，吃若干块，算若干钱，既经济，而又能增加热量。已不知有好多年了，全未为小布尔乔亚以上阶级的人注意过，直到民国二十一、二年，重庆商业场街才有一家小饭店将它高尚化了，从担头移到桌上。泥炉依然，只将分格洋铁盆换成了赤铜小锅，卤汁蘸料，也改为由食客自行配合，以求干净而适合各人的口味。最初的原料，只是牛骨汤，固体牛油，豆办酱，造酱油的豆母，辣椒末，花椒末，生盐等等，待到卤汁合味，盛旺炉火将卤汁煮得滚开时，先煮大量蒜苗，然后将凉水漂着的黑色的牛毛肚片（已煮得半熟了），用竹筷夹着，入卤汁烫之，不能太暂，也不能稍久，然后合煮好的蒜苗共食。样子颇似吃涮羊肉而味则浓厚，（近年重庆又有以生鸡蛋、芝麻油、味精作调和蘸料，说是清火退热，实为又一吃法。）最初只是如此，其后传到成都（民国三十五年）便渐研制极精，而且渐渐踵事增华，反而比重庆作得更为高明。泥炉还是泥炉，铜锅则改为沙锅，豆母则改为陈年豆豉，格外再加甜糟糟。主品的水牛毛肚片之外，尚有生鱼片，有带血的鳝鱼片，有生牛脑髓，有生牛脊髓，有生牛肝片，有生牛腰片，有生的略拌豆粉的牛腰肋、嫩羊肉，近年更有生鸭肠，生鸭肝，生鸭腊肝以及用豆粉打出的细粉条其名曰"和脂"者（此是旧名，见于明朝人的笔记）。生菜哩，也加多了，有白菜，有菠菜，有豌豆尖，有芹黄，以及洋莴笋，鸡窠菜等，但蒜苗仍为主要生菜，无之，则一切乏味，倘能代以西洋大蒜苗译名"波哇罗"的，将更美妙矣。然亦以此而有季节性焉，必候蒜苗上市，而后围炉大嚼，自秋徂冬，于时最宜。要之，吃牛肚火锅，须具大勇，吃后，每每全身大汗，舌头通木，难堪在此，好过亦在此。高雅而讲卫生的人，不屑吃；性情暴躁，而不耐烦剧的人，不便吃；神经衰弱，一受刺激便会晕倒的高等华人，不可吃；而吃惯了淡味甜味，一见辣子便流汗皱眉的外省朋友，自然更不应吃，以免受罪。牛毛肚火锅者，纯原始型之吃法也，与日本之火锅仿佛，又似北方之涮锅，只是过份浓重，过份激刺，适宜于吃叶子烟的西南山地人的气分。故只管处在清淡的菊花鱼锅的反面，而仍能在中下层吃家中站稳者，此也。

其四曰：牛肺片，名实之不相符，无过于明明是牛脑壳皮，而称之曰肺片。中国人吃猪皮已为西洋人所诧异，（猪皮做的菜颇多，至高且能冒充鱼翅，而以热油发成的响皮，简直可媲美鱼肚，此关乎食谱，非本文旨趣所应及，故不细论。）而况成都人且吃牛脑壳皮焉。牛脑壳皮煮熟后，开成薄而透明之片，以卤汁、花椒、辣子红油拌之，色泽通红鲜明，食之滑脆辣香。发明者何人？不可知，发明之时期，亦不可知。在昔，只成都三桥上有之，短凳一条，一头坐人，一头牢置瓦盆一只，盆内四周插竹筷如篱笆，牛脑壳皮及牛脸肉则切成四指宽之薄片，调和拌匀，推于盆内。辣香四溢，勾引过客，大抵贫苦大众，则聚而食之，各手一筷，拈食入口。凳上人则一面喝卖，一面叱责食客曰："筷子不准进嘴！"一面以小钱一把，于食客食次，辄置一钱于有格之木盘中以计数，食毕算帐，两钱三块，三钱五块也。有穿长衫而过者，震其色香，欲就而食，则又腼腆，恐为知者笑，趑趄而过，不胜食欲之动，回旋摊头，疾拈一二片置口中，一面咀嚼，一面两头望，或不为熟人察见否？故此食品又名"两头望"。今则已上席列为冷荤之一，皇城坝之摊头亦易瓦盆为瓷盆，于观感上殊清洁多也。

其五曰：麻婆豆腐，上文已及麻婆豆腐，以其名闻遐迩，不能不谈，故言四项，于兹又添一项，并非蛇足，不得已耳。以作豆腐出名之麻婆，姓陈，成都人皆称之陈麻婆。既曰婆，则为老妇可知，既曰麻，则为丑妇可知，然而皆于作豆腐无关。缘陈麻婆者，成都北门外万福桥头一家纯乡村型的小饭店——本名"陈兴盛饭铺"，"麻婆豆腐"出名后，店名反为人所遗忘——之老板娘也。（万福桥已于民国三十六年阴历丁亥岁被大水打毁，迄今民国三十七年阴历戊子岁八月犹无修复消息，据云，此桥系清光绪丁亥岁重修，恰恰享寿一个花甲

六十岁。）万福桥路通苏波桥，在三十七年前，为土法榨油坊的吞吐地，成都城内所需照明和作菜之用的菜油，有一多半是取给于此。于是推大油篓的叽咕车夫经常要到万福桥头歇脚吃饭，（本来应该进出西门的，但在清朝时代，西门一角划为满洲旗兵驻防之所，称为少城，除满人外，是不准人进出的。）而经常供应这伙劳动家的，便是陈家饭店。在早饭店并没有招牌，人们遂以老板娘为号，而呼之为陈麻婆饭店。乡村饭店的下饭菜，除家常咸菜外只有豆腐，其名曰"灰磨儿"。大概某一回吃饭时，劳动家中的一位忽然动了念头，想奢华一下，要在白水豆腐、油煎豆腐、炒豆腐等等素食外，加斤把菜油进去。同时又想辣一辣，使胃口更为好些。于是老板娘便发明了作法：将就油篓内的菜油在锅里大大的煎熟一勺，而后一大把辣椒末放在滚油里，接着便是猪肉片，豆腐块，自然还有常备的葱啦、蒜苗啦，随手放了一些，一脍，一炒，加盐加水，稍稍一煮，于是辣子红油盖着了菜面，几大土碗盛到桌上，临吃时再放一把花椒末。劳动家们一吃到口里，那真㸑呀！（㸑是土语，即美味之意。有写作饢字的，恐太弯曲了。）肉与豆腐既嫩且滑，同时味大油重，满够激刺，而又不像用猪油作出那们腻人。于是陈麻婆豆腐自此发明，直到陈麻婆老死后，其公子小姐承继衣钵，再传到孙辈外孙辈，犹家风未变。虽然麻婆豆腐在四五十年中已自乡村传到城市，已自成都传到上海、北平，作法及佐料已一变再变。记得作者在民国二十六年"七七"抗战以后，携儿带女到万福桥陈家老店去吃此美馔时，且不说还是一所纯乡村型的饭店：油腻的方桌，泥污的窄板凳，白竹筷，土饭碗，火米饭，臭咸菜。及至叫到做碗豆腐来，十分土气的幺师（即跑堂的伙计）犹然古典式的问道："客伙，要割多少肉，半斤呢？十二两呢？……豆腐要半箱呢？一箱呢？……"而且店里委实没有肉，委实要幺师代客伙到街口上去旋割，所不同于古昔者，只无须客伙更去旋打菜油耳。

十

克实言之，成都实非止蔬菜之邦。因为好的蔬菜固然有，由外方移植而来，能繁衍而不十分变劣的也多，又因天时地利人工，使若干蔬菜的产期也长，可是到底不能封它为蔬菜之邦者，以外方还有许多出类拔萃的好蔬菜，而它却还没有也。例如江南的莼菜，岂是我们的冬寒菜——又名葵菜——所能匹敌？营盘蘑菇，岂是我们的三塔菰、大脚菰所可期望？（西康的白菌和鸡㚲菌，其庶几乎！）推而论之，即是全四川全西南也未能承此美称，再从另一方面说，也不能有此限制的称谓。何也？以蔬菜之外，依然有牛羊之美，有鱼虾之美也。譬如说，成都、昆明的黄牛肉就很好，只是有山羊而少绵羊，是一缺点。说到鱼类，话更长了，简而言之，如乐山的江豚——一般人都称为江团，甚至团右加一鱼字傍，其实即江豚所讹，后有机会，再为详论，泸县之癞子鱼，雅安之丙穴鱼——又名嘉鱼、雅鱼，涪陵之剑鱼，峨眉之泉水鱼，都不亚于松花江之白鱼，黄河之鲤鱼，江南之河豚，松江之鲈鱼，长江之鲥鱼和鳜鱼。（岷江流域也产鳜鱼，也产四腮鲈鱼，成都市上偶尔可见，但不常不多耳。）虾亦好，虽不肥大，但无土气。所最缺憾者，只是没有螃蟹。但仁寿县的蟹即是南蟹种，苟得其法蓄养之，亦可弥此缺憾。且峨眉山出产之梆梆鱼，又名琴蛙，乃食用上品，若有人饲之，其壮大嫩美且过于美国之牛蛙。而昆明翠湖之螺黄，则又是特产中之特产。故曰，蔬菜之邦之称，成都不任受，四川不任受，西南亦不任受。推而论之，牛羊之邦，鱼虾之邦，亦殊难为定论矣。（四川确有一些地方，只以牛羊为食，有谣曰："鱼龙鸡凤菜灵芝"，言鱼如龙，鸡如凤，蔬菜如灵芝草，皆不易见不易得也。但不能以此一隅而概广大之北方，此理之至明者也。）

十一

我以为中国菜之所以驰名全球之故，一多半由于作业的原料之多，而其作法又比较技巧，比较繁杂。其他姑且置之，单言发酵的过程，是够玩味了。西人有言曰，食料之最好者，端在发酵之后，变其本质，使其成为一种富于滋养的东西。本此，则知岂士（cheese，即奶饼，即干酪，即塞上酥，即西康、西藏之酥油。岂士为英文译音，又写作启司，其音近于鸡丝。法文译音则曰"拂落马日"。）确为由脂肪变出之珍品。若夫由植物发酵，重重变化出来的食物，不其更为美妙乎哉！例如黄豆，新鲜的已可作出多种的菜，甚至连梗带荚用盐水花椒煮出，剥而食之，可以下茶，可以下酒，无殊笋干也。倘将干的磨成粉末，和以油糖，可以作点心；盛于瓦坛内，时时以水浇灌，使其发出勾萌[1]谓之豆芽，摘去脚须，可煮可炒，可荤可素，这已经在变化了。设若将干黄豆泡软，（鲜豆亦可，但必须配合少许干豆，凡研究过食物化学的可以说出其所以然。）带水磨出，名曰浆，或曰豆汁，或科学其名曰豆乳。据说，其功用同于牛奶，但研究过食物化学者，则嫌其不甚可以消化之质素稍多，此豆之一大变也。再将豆浆加热，点以盐卤（四川人谓之胆水）或石膏，使之凝固，（用胆水点，则甚固，较坚实。用石膏，则固而不坚，此有别也。）不加压力者，名曰豆花；或冲之，则另成一品曰豆腐脑（或曰豆腐酪，亦通），此二大变也。略加压力，使水份稍去，凝固成块，名曰豆腐，其余为豆渣，此三大变也。再使之干固，或略炕以火，或否，其味已不同于豆腐，对其所施之作法更多不同，名曰豆腐干，此四大变也。再使豆腐干发酵发毛，名曰毛豆腐，此五大变也。而后加以香料酒醪，密贮陶器中，任其再发酵，再变化，相当时间之后，又另成一种绝美食品，名曰豆腐乳，此六大

---

① 勾萌：指引发的幼芽。

李劼人与成都

变也。六个变化，即六个阶段，而每一个阶段，又可独立作出种种好菜，而且花样极多。倘在每个阶段内，配以其他蔬菜肉类，则更千变万化。倘将中国各地特殊作法汇集写之，可以成书一厚册，不第可以传世。如《齐民要术》之典册，且可以供民俗、民族等科之研究，而为传世论文之所据焉。上述，不过豆变之一派。其变之第二派，则豆油是也，豆饼是也。豆饼可以用作肥料，荒年又可充饥。其变之第三派，则豆豉是也。亦由发酵而来，不置盐者，曰淡豆豉，又作入药。置盐及香料者，曰咸豆豉，江西人旧称色豉，可作佐料以代酱油。咸豆豉之经年溶腐，色如乌金，不成颗粒，而香料配合极好，即可单独作菜，又可配合其他菜蔬肉类者，四川三台县及射洪县太和镇人优为之，即名曰潼川豆豉或太和豆豉。咸豆豉不任其发酵至黑，加入红苕（即红薯）生姜者，曰家常豆豉，团如小儿拳大，太阳下晒干，可生食，亦可配菜。然有不食之者，谓其气味不佳，喜食之者，则谓美如岂士，其臭气亦酷似云云。咸豆豉发酵后，蓄酵起涎，调水稀释（淡茶最好），加入干笋、萝卜丁、生盐、花椒、辣椒末者，乃成都家常作法，名曰水豆豉。以有季节性，不容久置，故无出售者，惟成都之旧式家庭中常制以享受。要之，黄豆是中国人食品之母，亦犹牛奶是西洋人食品之母。西洋人从牛奶中求变化，中国人则自黄豆身上打主意，牛奶之变化有限，而黄豆之生发无穷。上来所言，仅就已有已知者而略及之，而将来如何，未知者如何，虽圣人不能言矣。况乎黄豆一物又为中国所独有，（欧洲无黄豆，美洲也无，近闻美国有移植者，不知情形如何。）历史亦复悠长。黄豆即古之菽，吾人赖之而生存则无论也，即以其作法之多，技巧之盛，滋味之美而言，已足矫世界人类之舌，而高树中国菜之金字招牌。旧金山之豆腐乳，不过其一般耳。

十二

　　肉类、鱼类、蚌蛤类可以用单纯的手法作出，而成为妙品。闻之福建福州有蚌蛤曰西施舌者，即用白水烹之，鲜美绝伦。吾于食鲜牡蛎、鲜瑶柱，以及血水蚶子之余，诚信其不诬。至于蒸蟹、醉蟹，以及成都式的醉跳虾，更用不着说啦。鱼呷，譬如某种鱼的生片，略蘸酱油，和紫菜食之，此日本式也，亦佳。加拿大出产之梭猛鱼，在冰藏之后，其肉酥松，生割成块，和黄莎士（souse，**即法文译音之"马约逎斯"**）食之，至为可口。其他如菊花锅之生鱼片、生鸡片，如涮锅之生羊肉片，以及各种烫而食之，烤而食之种种鱼片、肉片，几何不是半生半熟，而即入口之美物乎？不过，此种作法看似单纯，而终须配以繁杂之佐料，甚至绝好之汤，仔细想来，实不如法国式之带血子牛肉。其作法，只将子牛肉一片下锅煠之，一面已熟，一面尚生，刀叉一下，血水盈盘，而其佐料，亦只盐与胡椒末耳。然其味之美，实过于多少红烧清炖，黄焖素煨。如此想去，单纯之作法尚多，然欲求其既须单纯，又鲜佐料，又滋美绝伦者，实不可多得。故中国菜以单纯著称者少，而横绝今古，无与匹敌者，端在配合之繁复及其妙也。

十三

　　其实中国菜之配合亦复简单，提其纲，挈其领，也只几句话而已：曰，肉类配合肉类，肉类配合鱼类，鱼类配合鱼类，肉鱼类配合蔬菜类，蔬菜类配合蔬菜类。而且一品配合一品，一品配合多品，多品配合多品。其中又有直接配合，间接配合，直间接与直间接的配合，几次间接与一次直接之配合。这么一来，似乎就近于匪夷所思，而又加以煎也、炒也、煠也、炯也、溜也、烤也、烧也、焖也、煨也、熬也、魚也、蒸也（这一字类又须分为饭上蒸，笼内蒸，隔碗蒸，不隔碗蒸，干蒸，加水蒸，不一而足）、煮也、烹也、炖也、炕也、煸也、烙也、烘也、拌也，此二十手法，看来渐觉眼花，何况其间尚有综合之法，即煤而复蒸，煮而又烧。有综合二者为一组，则奇中之奇，玄之又玄，岂特不有素修之西洋人莫名其妙，即中国人而无哲学科学头脑，以及无实地经验无熟练技巧者，亦何能窥其奥哉！就中最足以自矜者，尤在作蔬菜的手法，吴先生所封蔬菜之邦，其指全中国而言乎？诚以西洋人之作蔬菜，除少数种类，能变一些花样外，大多出以单纯方式，倘不是白水煮好，旋加黄油、生盐、胡椒，即是揉之成泥，糊涂而食之。毕竟法国人文明，尚能懂得较为复杂之配合，所不足的乃是在二十种手法中，只具有煎、煤、烤、煮、煨、拌几种。就这样，已经高明之极，较之专讲科学卫生，配合热量的美国人，便前进了不知若干年代。呜呼！食乃人生大事，求其适口充肠可也，何苦牢牢披记科学羽毛，而将有良好滋味之菜蔬，当成药吃哉！

十四

有人说，大凡历史悠久的民族，其食品都相当复杂，固不仅中国为然。比如从古籍上考察，像腓尼基人，像迦太基人的食单，已很丰富了，而古希腊人、古罗马人，也都是好饮嗜食的民族啊！这话诚然有理，但我现在所讲的，只是指现代民族所通常具有的食单，并非要作食的历史的研究。何况食之为物，一如衣冠居室，都脱不了环境的支配。设如此一民族所生长的地方，人不得天时，不得地利，赖以口腹之资的，不是牲畜的牛羊，便是野生的熊鹿，确乎处在"鱼龙鸡凤菜灵芝"——谓得鱼之难如得龙，得鸡之难如得凤，得菜蔬之难如得灵芝草也——的境地，我想，这民族纵即有万年不断的历史记载，而它的食单也未必能有我们《周礼》（北方的）、《楚辞》（南方的）上所记下的那些名词罢？我们可以这样说，一个历史悠久，而行踪又广阔，和其他民族接触又频繁的民族，其食单是丰富的，其制作食品的技术是复杂的。此即古代腓尼基人、迦太基人、希腊人、罗马人的食单之所以有异于现代蒙古人、爱斯基摩人的原故。

十五

便是有悠久历史的民族的食单，也还有其时代性哩，换言之，即是在某一时代作兴吃什么，而过一个时代，或即不作兴了，或另有一种可吃之物起而代之。我们光就中国方面说罢，据史籍所载，我们在商朝时代有所谓豢龙氏、屠龙氏两氏族。龙者，大爬虫也，豢者，驯养之也。大爬虫已被驯养，想来便如今日我们之驯养大蛇者然。驯养了干什么呢？自然为的杀了来吃。有专门杀此大爬虫者，大约特别有杀之技巧，父子兄弟相传，故名之曰屠龙氏。环境转移，大爬虫不适于生存，抑或也和大象一样，驯养了便难于生育传种，以致徒留龙之名，故到周朝时代，便不再见有以龙肉所作的食品。虽然迄今在小说上尚时见有龙肝凤髓之说，那也不过用来形容食品之稀有珍贵罢咧。龙肉之不再盘餐，以其无有，此可不谈。至若《周礼》上所列的许多酱类（都是一些特殊字体，若一一引出来，便得劳烦印刷者逐字刊刻，予人不便，何必炫博，故不录引），至今还是有的，姑举一例，如蚳酱，据考证家说，即是蚁子酱。此蚁子，是否即为今日寻常蚂蚁之卵，因考证家未曾确说，想来总是蚁类。然而今日有吃鱼子酱的，却未看见有用蚁子酱的（听说南非洲倒有食蚁的人），曾见明人某笔记上说华南瑶人或苗人有用蚁卵作酱，但今日仍未见此特殊食品传到汉人席上，想来也已过时了。此已足证我所说食品也有其时代性。还有一例，如吃狗肉。在《周礼》上看来，中国古人已常吃狗，《礼记》也说过：士大夫无故不杀犬豕，可见中国古人是把狗当猪羊一般宰了吃的，而且

李劼人与成都

屠狗这门职业中，还出过好些英雄好汉，如专诸，如樊哙。不知为了什么原故，后世忽然不作兴了。虽然今日也还有一部份要人一年吃它几回，甚至也还吃得香。听说考较的还特别把狗关在栏里，像喂猪样用粮食荤腥喂得肥肥的，到冬季打杀了来吃，说是壮阳补血。而广东朋友还能从经验中告诉你：吃狗要嫩，不要过一岁；吃猫要老，定要过三岁。不过把狗肉当作珍馐，搬上大餐台子，以宴嘉宾的终究没有，而最大部份人，还是不要吃它。此外，我本人记得在很幼小时——由今言之，大约五十三年前了——随大人走人家坐席，吃过一样乌鱼蛋，以后便少吃过，民国十八年在北平东兴楼才吃到第二次，及至回川，偶见南货店中有此物事，问他们销行地方，据说只有外州县或四乡厨子来买。如何作法，连南货店的老主人都不知道。后来翻到外家一本旧帐簿，才知道在一百三十年前，成都宴席上，原来每次都有乌鱼蛋汤的。

十六

中国食单除了环境常变，时代推移，肉蔬配合，愈演愈变愈精致外，其所以能够超越其他古老民族，而无止境的达到今日这种境地的原故，仔细寻思，这于中国民族博大容忍的特性是大有关系的。中国人的这种特性，第一表现得非常显著的，在于宗教信仰之自由。窃考古中国人自商朝信鬼重巫教、重祭祀以后，它本应该一如其他民族滚到宗教界阈上去以求禳解，然而不知怎么突然大跨一步，跨到重理智、重人物的周朝，于是思想马上得致解放，而孔夫子的"未知生，焉知死"、"未能事人，焉能事鬼"、"祭如在，祭神如神在"的至理名言，也才立稳了脚跟，传诸后世。请想，这是何等的进步，何等的自由！自此，中国的宗教便没有成立。我们可以说墨教之中衰，并不因为它的巨子丧失，而确是由于人民之没有宗教信仰。诚然，其后也有海滨的方士，也有西南山岳的"米贼"①，也有由二者结合而成的道教，但我们只能说这是由于印度佛教传入后的一种自尊的反动，绝非出于民族狂热之不得不有也。而且佛教也罢，道教也罢，即读书人强免凑成的儒教也罢，巫教也罢，乃至随后传入的景教②也罢，天方教③也罢，拜火教④也罢，以及近五百年追踪而来，凭藉物质文明以展布其野心的天主教（基督教旧派）也罢，娶妻生子而与中国人见解大不相同的耶稣教（基督教新派）也罢，总之，一到中国，中国人都能容纳之。你以为他们毫无信仰吗？未必然也，奉行的人还是那么多，而且中国的哲学、文学曾受过外来宗教的绝大影响，甚至影响到普遍的人生行为与思想。你以为他们果真信仰吗？又未必然。首先，凡宗教信仰应具有的排它性，和"之死矢靡它"⑤的狂念，在中国人身上就发现不当，别的不说，我们但看欧洲中古世纪，只由新旧两种教派之争，可以大群大群的杀人，可以因为不改变教宗而活活的被烧死；"五月花船"⑥之去美洲，也是由于此一教派不胜彼一教派之压迫虐杀，乃至希特勒之残杀犹太教徒，也一小半下根在宗教的排它性上。然而在中国哩，我们却看见某一代皇帝喜欢佛教，他可以下令天下道士全剃头发作和尚，下一代皇帝忽然喜欢了道教，他又可以下令天下和尚蓄起头发来作道士。其他势力的宗教，更不必说，统名之曰旁门小道，曰邪教，曰污民的邪说，随时可以剿杀，扑灭之，而奉行这种宗教或邪说的人民也

李劼人与成都

---

① "米贼"：东汉顺帝汉安年间，张道陵在四川崇庆鹤鸣山（一称鹄鸣山）建道教，参加者须缴五斗米，称"五斗米道"。东汉末，张角的太平道和张鲁的五斗米道，一时成为农民起义的旗帜。

② 景教：唐代传入的基督教聂斯脱利派。贞观年间在长安建寺，先称波斯寺，后名大秦寺。

③ 天方教：伊斯兰教在我国的旧称。我国史籍中，呼阿拉伯为"天方"。

④ 拜火教：古代流行于伊朗和中亚细亚一带，称琐罗亚斯德教。认为火是善和光明的代表，故以礼拜"圣火"为仪式。南北朝时传入，唐代建寺于长安，名火教、火祆教、祆教、拜火教或波斯教。

⑤ "之死矢靡它"：语出《诗·鄘风·柏舟》，意谓虽到死也誓无它心。原意为不嫁别人。

⑥ "五月花船"：1620年英国第一艘驶往北美洲的船，载着一百多名清教徒移民，历四月抵普利茅斯。所定《五月花号公约》，成为1691年成立自治政府的依据。

并不见得有什么至死不悟的狂热，而竟成千成万的去殉道。一般尚有所谓通品者，无所不信，其实是无所信。例如六朝时张融病卒，遗言左手执《孝经》《老子》，右手执小品《法华经》，这就是一般艳称的三教归一的办法，也就是多数中国人对于宗教的态度。至今，听说四川新津县某一大庙，一夜之内就供奉着孔子、老子、释伽牟尼、耶稣、穆罕默德，称为五圣，愚夫愚妇求子求财求福求寿的，全可燃烛焚香，磕头礼拜，而并不分彼此。像这样的宗教信仰态度，你们能在别一民族内发现得出吗？如其不能，这便是中国人的特性，也可誉之为中国本位文化。中国人既是修养到了无须乎有宗教信仰的狂热，那吗，关于一种什么主义的奉行，也就不能以洋国情形来说明中国，谓洋国曾是如何如何，中国未来也定然会如何如何，那也便错了。所以大而言之，治理中国，绝不是光能懂得洋道理，光能博得洋人之首肯称誉，而便可也。小而言之，知道了中国人的这种特性，也才理会得出中国菜单何以能至今日的境界啊！

十七

表现中国人博大容忍之二，就在中国人能够接受各地方民族所固有的文化之一的食，而毫不怀疑的将其融会贯通，另自揉合成一种极合人类口味的新品，又从而广播于各地方各民族；既无丝毫"中学为体，西学为用"的妄解，也无所谓"尊王攘夷"的谬想，更无所谓唯美主义的奴见。例如在西汉时候，西南夷特产的蒟蒻酱，只管西南夷诸国被灭亡了，其后全改土归流了，然而这食品却被汉族采纳，遗留至今，是即今日成都所通用的木芋（亦作磨芋）豆腐，又称为黑豆腐的便是。从酱而至豆腐，已经不是原先作法了，现峨眉山僧再将其置于冰雪中，令其发泡坚实，谓之雪豆腐（也称雪魔芋），或共鸡鸭肉红烧，或置于好汤内同烩，较之以生木芋豆腐作来，果然别有风味。有人说，用生木芋豆腐作的豆腐乳，其美味实不亚于旧金山的华侨豆腐乳，其他如烤羊肉之来自东胡①，鱼生粥之遗自南越，亦斑斑可考。目前云南人的耳块，岂非就是僰人②的咸饭米粑的译音乎？昆明有谣曰："云南有三怪，姑娘叫老太，青菜叫苦菜，粑粑叫耳块。"所谓怪，就因名称之怪。足以征见这可怪的名称，绝非由于明朝初年，大部份南京富豪被谪居时所遗下，而实实由土著摆夷所传留也。四川尚流行（目前已经稀少了）一种咸甜俱可的，米粉包馅的，旋蒸旋食的东西，名曰哈儿粑，此为满洲席上的点心之一。哈儿粑也是译音，犹之甜点心中之"撒其玛"也。满洲全席今已不兴，但哈儿粑与叉烧小猪与挂炉烤鸭，却单独的被流传下来了，而后二者且成为中国食单中可以炫耀的美肴。自对日战争以后，与洋国交往日频，由洋国传入的食品和作法，被采纳而融会贯通的也不少，例如鸡鸭清汤煨露笋，蒜苔烩"马喀洛里"（macaroni，即意大利通心粉），番茄酱烧海参，咖啡炒虾仁等，岂但已经成了中国的固有菜，而且实在比其原有作法还好吃得多，若将中国食单仔细研究，可以看出大部份食单的来源，皆不免如我上来所说。这种态度，也与容纳外来的宗教一样，只有中国人才具有。你们不信我这说法吗？但请想想，并且多问，无论哪一洋国人说到中国菜，都恭维，都喜欢吃，但若干年来，他们的菜单上几曾采用过好多的中国菜来？诚然，技术之不容易学得，也是一困，然而没有中国人这种风度，却是顶重要了。

十八

食单因宗教之说而受限制，这真是一桩最可悲的事件。清真教徒不

---

① 东胡：古族名，居匈奴（胡）以东，因名。春秋战国时为燕国击败，迁到今之西辽河上游。秦时因犯匈奴事败，退居乌桓山的一支名乌桓，退居鲜卑山的一支称鲜卑。

② 僰人：古族名，在戎州北临大江地建僰国。春秋战国前后，散居以僰道（古县名，今宜宾西南安边）为中心的川南及滨东一带。

吃猪肉，并且不吃无声无脾无鳞的好多生物，这不但使食单的范围业已缩得过小，而且在配合与作法上，也失却了许多自由。婆罗门教^①徒尊视牛为神物，不敢吃它，这也使完备的食单，失去了一根重要支柱。至于佛教徒之什么生物都不吃，只吃谷物与蔬菜，虽然成都许多大丛林的香厨师，和上海居士林素饭馆的大司务，可以从豆类、菌类、笋类，与芝麻油、橄榄油，以及其他植物油中，想方设计，作出种种鲜美而名贵的素菜，然而一则过于精致，再则也不免于单调，无论如何，终不能作出多大的花样。我这里且举出两色寻常川菜，一是家常式，一是餐馆式的，并不算精致，也不算名贵，但一涉及宗教，则皆作不出来。家常式的，如将盐水泡青菜的叶茎横切成丝，加盐水泡过的辣椒丝，加黄牛肉丝，以熟炼后之纯菜油炒之（凡以牛肉炒菜，必用植物油而忌猪油，此经验中之定例也），这样菜，如不加牛肉丝，光是素炒出来，未尝不可口，但加牛肉丝炒后，而又不必吃牛肉丝，仍然只吃盐水泡青菜的叶茎，其味就大大的美妙了。餐馆式的，如将较嫩之黄豆芽摘去两头（即芽苞与脚须），加入煮至刚熟后而又缕切成丝的猪肚丝，以熟猪油炒之，佐料除黄酒外，光用盐和白胡椒末，作法也简单透了，然而比起光是素炒豆芽，光是荤炒猪肚，那真不可以道里计。仅就这两样寻常用的菜而论，除了干犯三种宗教（回教，婆罗门教，佛教）不计外，即令顶讲究口欲的洋国人，又何能懂得其奥妙！第一是，青菜必须用岩盐的盐水泡熟，而只用叶茎；第二是，猪肚必虽煮至刚熟，而不用生炒。这中间自有其道理，而不仅仅关乎技术，非有悠长历史及本位文化之中国人，真不易语此也！

---

① 婆罗门教：印度一古教，约在公元前七世纪形成，以膜拜婆罗贺摩（梵天）得名，是一种多神教。八、九世纪间，经改革，吸收佛教和耆那教（与佛教同时兴起，实行苦行主义）一些教义，改名印度教。

十九

中国之有许多行事，是行之有素有效，而并不知所以然者。究其行事之初何以致此，则十九先出于偶然，其后乃成于经验。以其说不出一个"为什么"，故自清末维新以来，许多略窥门径之徒，遂不惜本其半罐水的科学常识，（蜀语之半罐水，即长江流域所谓之半吊子，盖指千钱得半也。甚至再打对折而谓为二百五，斯更刻薄之至！）而动辄訾议之曰不科学。延长之则不卫生，则不文明。不文明，便是野蛮啦！但又念及我们到底是个古国，也有文化，而文化中更有食之一种足以骄人，于是只好改而自谦曰：我们是弱小民族，是积弱之邦。于是民族自尊自信之心，乃为此等宣传一扫而光。例如我们以往有好多人，在无意间将指头弄破，血淋血滴，如何是好呢？于是香炉灰，蜘蛛网，腐烂鸡毛，门斗内积年尘垢，在乡间则是污泥黄土都是止血上品。在毫无科学头脑的人说来，则曰："从祖先人起就是这们干的，有啥道理可言！"有完全科学头脑的见之，便应该细心研究，从而说明其所以然。但半罐水的先生却只摇头叹息曰："岂不怕染上有毒害的微生物乎？"然而其结果偏又出乎所谓科学常识之外，不但血居然可止，疤居然可结，而创伤居然可痊，此又何也？曰：彼时尚未知积垢污秽之中，有般尼西林之妙药藏焉。此种似是而非之行言，在讨论食物时，尤为显见。例如洋人曾说菠菜中含有维生素甚多，食之卫生，于是许多高等华人（因为半罐水中十九皆高等华人也），皆奉为圣旨，不惜什么更富滋补养料的好东西皆不敢吃，而乃专吃半生半熟之白水菠菜。洋人在昔一闻未达时，又曾说过动物内脏都不卫生，尤其是猪的。因而亦有若干高等华人便炒腰花、炒肝片都拒绝入口，甚至连叉烧大肠头（雅名叫"叉烧搬指"）、藜霍汤煨心子，也不免望之蹙额。然而至于今日，由于较为完全的科学证明，动物的肝与血岂特食之卫生，而且还是妙药，还更证明，内分

泌荷尔蒙也应该从动物的肾脏去设法，这已甚为合乎中国古老就已行之有素有效，而不知其所以然的道理："你的血虚吗？多吃点牛羊猪的血罢！鹿血顶好了，但是难得，鹿茸则血气两补。""你的心神不交吗？那是用心过度，心血亏耗，煮个神砂猪心子来补一补，包管见效。""你肾亏腰痛吗？赶快吃点甘枸杞煨牛鞭，或常常吃点炒羊肾也好。"而且一九四八年三月，我们最可想念的某美国医生复证明说，菠菜不宜多吃，吃多了无益有害。按照他的意见，岂独菠菜如此，无论其他什么有利东西，都不可服用过多，过多则一定会出毛病。在吃的这一点上证来，此理尤为不可动摇。我向来就感到，像我们中国的食单，有时表面论来，好像都不大科学，即是说都不大卫生和文明，其实只要多多研究一下，倒是许多东西，颇多作法，都甚合卫生之理，只要你吃得不太多，太多了，弄到消化不良，那才真个不卫生哩！

二十

半罐水的科学说法中，尤其不伦不类的，便是"北方人好吃生葱、生蒜，西南方人好吃辛麻的辣椒、花椒，如此过份的刺激之物日常用之，岂但肠胃容易受害，即清明的头脑也会因之而弄到麻木不仁。西国人之所以比华人强健聪明者，食物之清淡卫生合乎科学，实为一大原因。"呜呼！其然，岂其然乎？我们姑试一追究英国与荷兰的东印度公司因何而成立？及印度、南洋群岛与爪哇因何而被夷为殖民地？无它，只缘胡椒、豆蔻、肉桂、咖啡等调味品之作祟耳！并闻之西班牙、意大利以及法国南部地方，亦颇产牛角红辣椒，据说，那般西国人之吃起来，不但不比中国西南人弱，似乎比自流井人吃七星辣椒的还要狠些。又闻俄罗斯人除生葱、生蒜不吃外，还在火酒"伏特加"中加入辣椒末或胡椒末，这比一般中国人都利害了。以前还听说有某一德国人常常出售本身血液而不匮竭，后经医生考验，始知其人惯食生葱，于是证明生葱乃生血之物。又闻一九二二年法国巴黎某医生发表论文，谓大蒜精为扑杀肺病菌之良药，一时称为伟大发现。由此，足见中国人自古以来莫之而为之的吃生葱大蒜，在东方环境中，实为卫生之至。辣椒、花椒之在西方潮湿之区，其必然之需要，亦犹生葱、生蒜之于风沙地方也。只不过辣椒多吃，或不惯而乍吃后，容易使人脸红出汗，在仪容观瞻上，未免面对尊容稍感忸怩耳！生葱、生蒜则因吃后口臭，第一，在想象中似乎不宜对天神祈祷，故古者斋戒，必避五荤，五荤即葱姜韭蒜薤（也称"藠头、藠子"）也，并非如今日居士们之以血腥为荤；第二，不便迎待嘉宾。

二十一

一面夸奖中国菜，不愧为孙逸仙先生的忠实信徒，一面又诋其不卫生，则又无惭于洋人的应声虫。我前已说过，中国菜并非不卫生，乃至如半数中国人所不能吃的红辣椒，以其所含维生素及铁质甚富，而又适合卤气甚重的潮湿地方人的胃口，亦复甚合科学，甚为卫生，所云不大卫生者，实为一般有钱人之桌上餐耳！有钱人的食品，大都过刁巧，过于精致，致令食物上许多有益于人的东西，每于加工之后，丢个干净。米的谷皮，若是全碾为糠，不留丝毫余痕，煮面成饭，粲白则为诚粲白矣，但是吃久了，却不免于脚气病。故凡害脚气病的人，大抵不是惯吃糙米饭的穷人。为了弥补此种缺乏维生素的缺憾，乃有于饭后调服药房精致过的细糠一盏。此新法，恰如俗话说的"脱了裤子放屁"，何若不必考较，就吃糙米饭之较为明智合理？如已为人众周知之无聊举动，可无论矣。至于富人所常服燕窝，鱼翅，银耳，哈士蟆等物，穷人因为吃不起，故不敢吃，或做梦也未吃过。纵令傲天之倖，偶然得吃，亦因其为高贵之品也，震惊则有之，适口而充肠则未必焉。此缘穷人的吃，主旨皆在吃得饱（生命的卫生），吃得有正味；而富人的吃，主旨则在于滋补（胃脘的卫生），在于色香味以及形式的技巧和美观。由前言之，为实际之需要，得之则生，不得则死，因有种种道理可谈，由后言之，为技术之欣赏，得与不得生死无干，已无许多至理。所谓卫生云云，非为一般而设，故不具论。

二十二

考较吃，如何才得吃，才吃得有味道，才好吃，这可以说是中国人的通性。自然啰，没有钱的穷人，其基本吃法，便是见啥吃啥，主旨在一个饱字。然而等到他稍有力量，则他所要求的，就不止一饱，而是如何弄来才有味，才不致于死板板的一个呆样子。举例说罢，一块猪肉一把蔬菜，若将其放在美国中等人家的主妇手上，她的作法，大约从元旦至除夕，永远是那样；肉哩，非烤即煮，以熟为度；蔬菜哩，可生拌则生拌，不生拌即以白水煮熟，要以吃得下去，合乎书本上所说，与夫能够发生若干卡路里热量为止，其最大要求，不过如见啥吃啥的中国穷人，取其一饱而已。然而要是这一块肉和这一把蔬菜，落到了中国人的中等人家主妇手上，那吗，我敢担保说，至少三天就有一个变化。我们可以想象得到：第一次是白煮肉和炒素菜；第二次必然是红烧肉和肉丝炒菜；第三次必是肉菜合作。这一来，花样就多了，煨啦，炖啦，烧啦，蒸啦，甚至锅辣油红哗喇喇的爆炒啦，生片火锅般的烫一烫或涮一涮啦，诸如此类，其要求只在怎么样将其变一变，而吃起来味道不同，不至于吃久生厌。从元旦至除夕，虽然这只是一块猪肉一把蔬菜，总之作出来的，绝不止是一个永远不变的味道也。为什么如此？说来简单，即是中国人对于吃的要求，在饱之外，还要求不常。而主妇们的脑筋，又乐于用在此上，因为她们把这个吃字看得甚重故也。看重吃字，乃有欣赏之情绪，岂非人生之要义也欤？

二十三

中国菜之何以能传之久，传之远者，还幸亏中国人对于这类艺术尚不怎样的神秘视之，神秘葆之。中国人向来有个大毛病，即是对于所谓"道"，很愿意传授人，而且还拼命的想传授人；对于所谓"术"的技巧，即技术，进一步言即艺术，却异常悭吝，异常自私，每每秘而不传；不得已而传，也必将其顶精奥处留下来，以防弟子打翻天印时，有一手看家本领，这在技击和音乐上，尤为痼疾。在作食的艺术上，也有这类人，如西晋时，石崇家咄嗟①可办的豆粥，就偏偏不肯告人。这犹可说是因他要与同时代的豪门王恺竞争，不得不尔。但如《南史》所载："虞悰家富于财，而善为滋味。宗武帝幸芳林园，就悰求味，悰献粣②及杂肴数十舆，大官鼎味不及也。上就悰求饮食方，悰秘不出，上醉后，体不快，乃献醒酒鲭鲊一方而已。"这就未免太那个了！从人品上讲，虞悰不屑对权贵低头，这比起成都那个动辄以御厨自称，动辄以亲自伺候过叶赫那拉氏、又伺候过蒋中正委员长为荣的黄某，其高尚真不知到何等地步，可惜的就是虞悰未能超越那时的环境，敢于出头开一个大餐馆，将其治味之秘，公诸大众，即不尔，也应该勒成专书，让大家抄传于世，岂不更值得后人钦佩？从心胸和见识上讲，我们该责备他太悭吝，太自私，岂但不及苏子瞻（**因有东坡肉作法传世**）、袁子才（**因有随园食谱传世**）之为人，甚至连北平、成都作豆腐的查与陈，连北平作鱼的潘与吴，连广东作脍面的伊，皆远

---

① 咄嗟：吆喝。
② 粣字从米册，音策。以牛羊豕肉切丁，合豆蔬二成而成之。只不知如何作法，其味必甚复杂而美，故谓连御膳房、连官厨子所作的阔席而且都不及。——作者注

李劼人与成都

不如也。幸而中国善治味作食的人如石崇、如虞悰者，尚不多，而大都在自己欣赏之余，还高兴表暴出来，教育大众，使众人都能像自己一样的欣赏而享受。此是传艺术者之心胸，也是传道者之心胸，确乎值得我们的歌颂。

二十四

作中国菜的要诀，以及要研究中国菜之何以千变万化，我告诉你们，惟有一字真言曰：火。秦始皇嬴政的生身父亲邯郸奸商吕不韦，使其食客们所代辑的《吕氏春秋》上，便曾点明出来，曰："凡味之本，水最为始；五味三材，九沸九变，火为之纪。"水，且等说到饮字上再论。兹只言火。不过要言火，必先详知其器具，换言之，炉灶是也。除了高等华人外，一般中国人的炉灶，一如一般中国人的肚皮，也是随方就圆，见啥吃啥，从一切草一切木，直到一切煤一切炭①，凡可烧者，并无择别。我们知道外国科学家就以煤的不同，炭的各异，而特为设计出各种适合煤质炭质的锅炉，中国人作饭治味的炉灶，又何独不然？他们虽画不出什么方程式，虽不明白 XY 等于什么，可是凭了需要，凭了经验，凭了常识，他们也居然能够作出经济的适应。我们且说成都罢。成都是平原地带，产煤产炭的地方都在西北百里以外的灌县、彭县，而且皆不通水道，也无铁路，虽有短短一段公路，可是用汽油用酒精的大车，连载人且不够，而又向不知道利用兽力来拉运；以前人工便宜时，多费些劳力汗水，倒不算什么，但是愈到近来，人工愈贵，而我们成都百分之二十的住户，仍然在烧着这种不经济的煤炭。因为煤炭也有条

① 草与木一作为燃料，名字也改了，叫柴即薪。煤是由矿内取出，直接可作燃料者。炭必须加工。由煤加工者为焦炭，四川叫岚炭；以生木加工者为木炭，四川人叫枥炭，木质不坚者叫泡炭，又叫桴炭，成都人家则叫桴楂。——作者注

件，比如人口众多，时间较长，方划得来，无此条件的其余百分之八十的住户，便只好烧木柴了。而木柴的出产地，在一百五十里外眉山县和青神县。幸此二县皆在岷江之滨，虽是逆流上行，倒底比在几十里的陆地上，纯用人力搬运的，较为便宜。却是也因运费日昂，使得七十余万的成都市民，对于必须生活费用中，最感头痛而开支最大的，就是这个燃料。成都人为了要非常经济的来使用木柴，岂但是古人所说的像烧"桂树"，而且吻合了许多田舍人家所讥讽的在烧"檀香"，确乎其然，柴是劈的那么短，那么细，那么匀，排在小巧的灶肚内的铁桥上，又那么精致；弄菜弄饭要大火时，可以一口气排上四五根，只要菜饭一熟，喊声"退火"，便立刻将柴拉出弄熄。成都人得燃料不易，故于用火亦极为考较，作饭不说了，其技之精，能在一口铁锅内，同时作出较硬较融两样米饭。即以作菜言，无论蒸炒煎炖，也极讲究火候，而尤长于文火的煨、焐、熇、焥。[1] 以成都为例，便可推而知之在烧草根兽粪的地方，用火方法又不同，作食方法自必随之而异。一言蔽之，中国之大，燃料来源各殊，炉灶不能划一，大抵只能以食品去将就火，不能全然以火来将就食品。但大体别之，火分文武，文火者，小火也，微火也，加热于食品也渐，所需时间较长；武火者，猛火也，其焰熊熊之火也，作食极快，例如炒猪肝片，爆猪肚头，只在烈火熟油的耳锅中，几铲子便好也。无论文火武火，而要紧者端在火候，过与不及皆不可；其次，即在调味用铲，如何先淡后浓，如何急挥缓送，皆运用于心，不可言宣。故每每同一材料，同一用具，同一火色，而治出之菜公然各殊

---

① 煨焐二字，通常在写用，大家自然明了。熇字从火从草从卓，韵书从直教切，成都人则读若靠字音，意在靠在火旁，使其继续增热，但又与煨焐少异。焥字，韵书从户感切，应读为额，成都人读为邯字音，即舍之阳平音，意为菜已作好，火候亦到，不妨让其在微火上稍留片刻，或令再加软烂，或使汁水更为浓缩。此外，尚有烅字，读为川，例如烅汤。爝字，读为聊，例如将青菜烅一烅，或爝一爝，便可作冲菜作辣菜。焦字，本读袍字音，成都人则读为跑字音，意比爆字还要迅急，常言只须在油锅内一焦即得。此数字，皆成都厨房内常用之字而难得写用者。尚有烛字或写作煤，皆通，但多少人写作炸，比如烛鱼，写作炸鱼，义近爆炸，望之骇然。——作者注

者，照四川人的说法，谓"出自各人身手"，意在指明每一样菜皆有作者的人格寓乎其间，此即艺术是也。

二十五

艺术，就免不了艺术界的通例：有派有别。所谓派，并非有东西南北地域之分，亦不在山珍海味材料之别，而是统地域，统材料，专就风格及用火方面，从大体上辨之，为家常派、馆派、厨派是也。此三派，犹一树之三干，由干而出；当然尚有大枝，有小枝，有细枝，有毛枝，甚至有旁生侧挺之庶枝蘖枝，但皆不能详论，仍止就三干略道其既焉可耳。先言厨。厨者，厨子也，法国人视作厨之艺术甚高，并建筑、音乐、绘画、裁缝等列为人生十大艺术之一。中国古人更重视之，考于古籍，有彭铿和滋鉴味事尧，有伊尹以割烹要汤，而助天子为治的宰相，称为调羹手，即喻其能调和五味，善用盐与梅也。因其在历史上有地位，故我们在口头上辄尊称之曰：某大师傅，简称曰某师①。此一派，介乎家常与馆之间，能用文火，也能用武火，也讲求色香，也讲求刀法形象，但不专务外表，同时又能顾到菜之真味，例如作笋子，就不一定切得整齐，用水漂到雪白，漂到笋味全失，他就敢于迅速的将笋剥出切好，并不见水，即下油锅。尤其与馆特殊者，因能作小菜，与家常不同者，因能调好汤。短处在好菜不多，气魄不大，勉强治一抬席面，尚觉可以，两桌以上，味道就不妙了。以前专制时代，士大夫阶级同巧宦人物，大都要训练培养一二名小厨房的厨子，（也有不是外雇的厨子，而是姨太太或通

① 记得去年某月曾写信与某厨，称用大师傅。宋师度君见之笑曰：好尊贵的称谓！我曾答之曰：不然，古之乐工皆不称师，师旷、师聪、师挚皆是也，人子八岁外就傅，傅亦不过是男性干奶妈耳。后来乃师傅二字，专归为教读夫子，而天子三公，亦称太师、太傅、太保，这才尊贵起来，弄到与天地君亲并列于祖先堂上。我们既不随俗，则亦何必吝此称谓而一定要写为大司务哉！不过写司务亦通，盖即雅言之执事是也。——作者注

了房的丫头。据说，比雇的厨子可靠，因能体贴入微，而又听说听教，决不会动辄跳槽也。）除了自奉之外，还用以应酬同寅，巴结上司，或者盒奉精馔数色，或则柬邀小集一叙，较之黄金夜赠，岂不既风雅而又免于物议？此等厨子，都有其独到之处，或长于烧烤煨炖，或长于煎炒蒸溜，除红案外，兼长作面点之白案，此又分工专业之馆所不及处。凡名厨，必非普通厨子、伙房之终日牢守锅边，故其空闲较多，能用心思，其本人也定然好吃好菜，好饮美酒，好品佳茗，绝不像普通厨子、伙房成日被油烟熏得既不能辨味，而又口胃不开，临到吃，只是一点咸菜和茶泡饭。而且此等名厨，脾气极大，主人对之须有礼貌，不然，汤勺一丢，掉头便走。记得清朝光绪庚子前后，江西巡抚满洲旗人德寿，便曾为了发膘劲，厨子不辞而去，害得半个月食不下咽。然而倘遇内行，批评中窍，亦能虚心下气，进而请益，或则犹挽起衣袖，再奉一样好菜。自从几度革命后，此等阶层已有转变，风尚所趋，亦渐不同，许多私家雇用的厨子，大都转至于馆，易伺候少数，为服务大众。不过公共会食之制未立，私门治味之习犹在，人口稍众，经济宽裕之家，依然有所谓厨子或伙房在焉。只是战火频仍，生活太不安定，征逐酒食，大多改用西餐，谁复有此空时闲心，作训练厨子雅事？故至目前此派渐衰，能执刀缕切，不动辄使用明油、二六芡①者，已为上乘，无论如何实实说不上什么艺术矣。

李劼人与成都

---

① 明油者，菜已作好，手起锅之际，格外加上一汤勺之热猪油，表示油大之意；刻下一般红锅饭馆和乡厨，依然秉此师承。二六芡者，以二成芡实粉，和以六成之水，调为稀糊，无论何种菜蔬，在下了佐料之后，必加此糊一大勺，问其何以？答曰老师傅所授，谓不如此，则味道巴不上也。刻下芡粉云云，已只名存而已，其实皆豌豆所打之粉，近已渐去芡粉之名，而直呼豆粉，除豆粉外，洋芋粉尤佳，西洋多用之。有些菜，确乎需用此种粉糊，不过不应色色之菜皆用之。——作者注

二十六

　　馆是餐馆，越是人口集中的都市，餐馆越发达，越利市，四面八方的口味都有。顶大顶阔顶有为的餐馆，人人皆知，可以不谈，所欲谈者，乃中等以下之馆，及专门包席之馆耳。中等以下之馆，大多为本地口味，以成都市上者为例，在三十年前，红锅菜馆最为盛行，虽然水牌①上写着蒸炒俱全，其蒸的只有烧白和蒸肉，白菜卷酥肉等；炒哩，大抵肉片、肉丝、肝花、腰花、宫保鸡丁、辣子鸡丁等。最会用猛火，即武火是也。最不会作蔬菜，有些甚至连炝白菜都炒不好。如其菜品较多，加有海味，加有鱼虾，则称之南馆，这大概是南派馆子之简称。以前，此等馆子，只能临时点菜，备客小吃，而不能备办席面。专备席面的，为包席馆。包席馆可以一次办席几十桌，专供红白喜事之用，也可精心结撰的办一桌两桌，以供考较口味者，应酬宴客，但是馆内并无起坐，只能准备好了，到人家去出菜。此两派虽历有变化，但有一与前之厨不同者，即菜单有定型，甚至刀法及放在碗内的形式，通有定型。吃一次是此味觉，吃百次还是如此味觉，所谓落套是也。此缘人人口味各殊，不能将就人人品，只好取得一种中庸之味，使人人感到"都还下得去"而已。及至私家之厨，分人于馆，虽在菜单及口味上起了变化，多了些花样，然而久而久之，还是要落套的，其故即是厨只在服事少数人，只求馔之如何精，脍之如何细，而用钱则不计。馆哩，除了服事多数人外，而每一席的成本，终不能不有所打算也。

---

　　① 水牌：也称粉牌，旧时商店及茶楼酒肆常备之物，是一种漆作白或黄色，画上红格的木牌，临时用以记事、记账或作告白。用毕，以水帕将墨迹抹掉。

二十七

家常菜的味觉范围更窄，经之营之的时间更从容，故一切都与厨、馆不同，除了馆派之"纯"不能用，除能兼用之文火外，（以岚炭为原料，必使火焰熊熊高出炭外数寸者，为武火，宜于煎炒煤脍，器为耳锅。亦用岚炭，而不用火焰过大，有时须专用木炭，即枫炭，即硬木如青枫、檀木等烧出者，更有专用泡木烧成之炭，名桴炭，或桴楂者，名文火，宜于煨煮焖炮，红烧清炖，器以沙的陶的为最佳，搪瓷者次之，不得已而再思其次，则点锡纯银之器差可，顶不可用者为铜与锑。据说，法兰西之煨家常牛肉汤，至今仍用陶罐，此一色菜，即曰"火煨罐"也。）尤能用温火，温火之器曰"五更鸡"，成都人曰"灯罩子"，以竹丝编成，中间置燃棉绳之菜油壶，比燃煤油之"五更鸡"尤佳。举实例言之，如用温火制燕窝、银耳，可使融而不化，软而有丝；以煨鸡汤海参，则软硬之间，尤难言喻。然而前者一器，须费十小时，后者一器，须费三十小时，其软化如烂熟了的寻常的红烧肉，苟以此法此器为之，已绝非文火所做出者可比，自然更谈不到武火。即此一例，厨派、馆派如何梦想得到？

最近，报上曾载美国正在试验之雷达炉，据说：煮鸡蛋七秒钟即熟，以纸裹包饺入之，三秒钟熟，而纸仍完好，科学诚科学矣！然而未必艺术，亦惟美国人能发明之，能利用之，何也？因其距吃的艺术之宫，尚有十万八千里途，此途又非飞机可达，必须脚踏实地，一步一步的走也。然而高等华人，未必解此，据说他们已科学化了，早饭是白蒸猪肝和花旗橘子，如此的自卑自贱，还有何说？自然雷达炉子首先采用的，便是此等人了。

二十八

上面所举用温火之例，未免太贵族，其实家常菜之可贵，是不讲形式，不讲颜色，只考较香与味。比如作笋，如上面所说，馆派则难免加上一些二六芡，厨派则不用芡，但必须将其漂之至白，取其悦目，而味则无有，家常作之，乃有菜之真味。又如上面说的冬寒菜——川人以为胜于莼菜——馆派就根本不能作，若叫强勉作之，必仍油大味重，而菜未必熟。厨派作之过于精致，每每只摘取嫩苞，不惜好汤火腿口茉以煨之。好却好吃，然而绝吃不出冬寒菜之味，这就须家常作法了：连苞及嫩叶先以酱油炒之，加之米汤烹煮，不加锅盖，色自碧绿，若于沸之后，再加入生盐合度，菜既熟而微带脆意，无其他佐料，乃有清香，有真味。然而为其寒伧，只好主人自享，以为奉客，客则不悦，故为显客者，殊无此口福。不过已往士大夫之家常菜，重在精致刁巧，以求出奇争胜，故往往在大厨房之外，更有小厨房。主持小厨房者，多半为姨太太，或由太太训出之丫头，收用了为姨太太者，如西门大官人府上之孙雪娥焉。初不解为何必用姨太太，后闻人曰：凡雇用的厨子，每不可靠，学到了手艺，不是骄傲得忘其身份，就是动辄喜欢跳槽，或一跳就跳进了馆，而自立门户，于是思之思之，鬼神通之，乃有专门训练姨太太之一法。而今只有抗战太太、前线太太、接收太太 [①]——民国初出，成都尚有义务太太、启发太太 [②]，以地方色彩太浓，不必具论——已无姨太太制度，故此种封建风尚，不愁不连根拔去。得亏我们许多有识的太太们，尚未整个走出厨房，故家常菜仍得保留一部份，将来之变化如何，不可知。或许再进步后，此种古典派的艺术，便将成为历史的名词而已。

① 抗日战争胜利后，国民党政府派员到沦陷区大搞接收，连女人也接收，称接收太太。
② 四川方言称趁火打劫为"打启发"，"启"是开箱倒柜，"发"是发财。这里指抢夺成婚者。

二十九

　　譬如为山，馆派是基层，厨派是中层，家常派则其峭拔之巅也。无论走到何处，要想得其地方风味，只到馆子中吃吃，未可也。能进而尝试一下私家厨味，庶乎齐变至鲁①矣！除非你能设法吃到若干家的家常菜，而确乎出于主妇之手，或是主妇提调出来的，那才是鲁变至道②，你才可以夸说登了山顶，不管风景如何，奇妙不奇妙，总之是山顶也。本此途往，便知中国菜到底算是何处好，何处更好，何处最好，何处绝好，殊不易言！何哉？以无此一人吃得遍全中国之馆、之厨、之家常，而又非常内行，起码也得像清道人③之"狗吃星"一样也。无此种人，便不可表论中国菜，尤其不可作食谱；食谱或亦可作，但不可妄标科学方法，譬如说某菜煮若干分钟，今试问之：用何种火具？而火的温度，究在华氏或摄氏之若干度上？如不能表而出之，则所云科学者，只半吊子科学，亦只一知半解之高等华人信之耳。何况说到底，好的菜品，根本就不能太科学，例如利用外国机器切刀来切肉丁，你用最精密的尺子来量，几乎每颗肉丁，其六面俱相等，但是你炒熟来，却绝对没有用不科学的手，切出来的其大小并不十分一致样的肉丁好吃，何也？盖面积大小相等了，则其受热和吸收佐料的程度亦相等，在味觉上显出的只是整齐划一的一种激刺，而参差不齐的激刺，好不好吃分别在于此；馆派、厨派、家常派之差别，高低亦在于此。本此孤证，便知道一门艺术，真正说不上科学也。

----

　　①② "齐变至鲁""鲁变至道"出自《论语·雍也》。原句为："齐一变，至于鲁；鲁一变，至于道。"这里引申之义是：想吃地方风味的菜肴，到馆派那里是不行的，到私家厨派去品尝，地方的风味算传播到这个派，但吃上几家家常派调做的菜，确又出于主妇之手，那种烹调艺术才是多姿多彩的真品。

　　③ 清道人：李瑞清（1867—1920），号梅庵，别号清道人，江西临川人。1895 年（光绪二十一年）登进士。晚年居上海，以鬻字为生，在书画界影响颇大。

三十

中国人对于其他生活要素，由于顶顶重要的"自由"，大概都可模糊，有固然好，精粗美恶倒不十分计较，只要有哩，并不一定拼身心性命以求之。独于食，那便不同了，在川人中间，按照旧习，见面的第一句话，并非是"你过得怎样？""你好吗？"而是"你吃了饭没有？"或曰"吃过了没有？"而且在询问时，还带有时间性，在上午，问的是早饭；过午，须问午饭，四川语谓之"饷午"，读若"少午"；入暮则问晚饭，谓之"消夜"；其严格犹洋人之问早安、日安、晚安也。其他，凡与人相交接，团体与团体相交接，大至冠婚丧祭，小至邻里往返，庄严至于纳贡受降，游戏至于"撒烂"打平伙①，甚至三五小儿聚而拌"姑姑艺儿"②——黄晋龄的餐馆名，引用为"姑姑筵"，亦通——无一不有食之一字为其经纬。笔记载：以前漕河总督衙门，顶考较吃了，诸如吃活猴脑，吃生鹅掌，一席之肴，可以用猪八九头，每头只活生生的取肉一块，余皆弃之。这种暴殄之处，姑不具论，甚至一席之肴，必须吃到三整天方毕，这真可以表现中国人好吃的整个性格，而且不吃不行。乡党中许多事故，大都由于不具食而起，谓人悭吝，辄曰：某人是不肯请客的，"要吃他么？除非钉狗虫！"言之痛切如此，甚至"破费一席酒，可解九世冤；吝惜九斗碗③，结下终身怨。"可以说，中国人对于吃，几乎看得同性命一样重，这不但洋人不能理解，就是我们自己，亦何尝了解得许多！

---

① 四川方言，"撒烂"原意被逼至绝境。这里意为不惜倾囊，含豁出去之意。打平伙，即凑份儿聚餐。

② "姑姑艺儿"：四川方言，是孩子们玩办酒食游戏的称谓。

③ 九斗碗：流行于四川城乡，是一种起码的普通筵席。菜品尽系蒸、烧、烩之类，以九个大碗（四川俗呼"斗碗"）盛出之。大概起源于农村，又称田席。后来有的减少一个品种，称之为"八大碗"或"肉八碗"。

三十一

中国人只爱重视吃，而孙逸仙先生也不惜称之赞之。但是就各文明国家说来，却顶不平等，而阶级性带得顶强烈的，也是中国人的食。别的一切倒姑且不举，只请你们——读者先生们随处留心瞧瞧罢！是不是从古至今，从这儿到那儿，都有点"朱门酒肉臭，路有饿死骨"的诗味儿？如其有，这就是中国，而且也是现代的中国。然而在讲究命定的中国人来说，并不认为这是社会的不平等，与乎有什么阶级，跟美国人，尤其是苏联人的讲法不一样，这般中国人的解释，则全是归于命，可以傲然曰："我之吃得好，是我的命好，换言之，即我之福气好也！"吃有吃的福，即所谓口福是也，大抵都是命中注定，不可非份希冀，亦不可妄自菲薄。于此有二例焉，都是说了出来，便可令你们咬菜根的，甚至吃观音土①的穷汉心安而理得焉。

其一例：在若干无聊文人的笔记上载得甚多，无非是某达官某贵人也者，平生好吃什么什么，总之，吃得多，而且吃法出奇。考其所以然，原来某人少年时，就曾做过一梦，梦见有了许许多多东西，据说全是他的口粮，非吃完了，不能寿终正寝，于是仍然吃之，"颠沛必于是，造次必于是"者，贵人之口福然也。

其二例：亦见于什么文人的笔记，云：有一泥工在一富室工作，日见主人食必四盘八碗，而皆少尝辄止，乃喟然叹曰："暴殄哉，若人！设以我当之，必餐足焉！"主人闻之，乃令庖人具食如常倍之，邀泥工共盘餐，谓曰："尽尔量，勿拘礼教！"泥工啖之露盘底，余汁亦必啜尽。不一周，食渐减，追后，乃对食颦蹙，若不胜苦楚。主人笑劝之。工曰："真不能下咽，强之，胃不纳，必哇出乃快。"于是主人大噱曰："我早知尔必如此，尔岂不闻人各有其口福哉？……"

---

① 观音土：是四川民间的俗称，又叫白泥巴、白鳝泥，呈浅蓝色，带黏性。从前每遇荒年，灾民便以它充饥，平日则以洗涤衣物。

有钱人仗此福气，故敢大吃特吃，吃到发生胃病，丝毫不怨。而一般民众，纵即隔朱门而嗅到肉香，甚至回味黎藿而馋至口角流涎，亦丝毫无此怨尤者，诚自知无此福气故也。得方定命论，于是中国人至不平等之食单，乃能维持于不败。

三十二

中国人的菜单，从品质上讲，确实越到晚近越是进步；但讲到吃起来的形式，恰相反，越来晚近，倒越简朴得不成名堂。在昔，我们原是讲究礼貌的，讲究排场的，考之三礼，斑斑可见。就是士大夫平常服食的方式，在《论语·乡党》篇也载得颇详细，但是一到革命生活情形变了，譬如，汉刘邦业已从马上抢得天下，而一般从龙的臣子，尚能在金銮宝殿上大吃大喝，大呼大叫，甚至于毛手毛脚，拔剑砍柱，但生活安定了，礼貌排场便随之而兴。倘把十月革命后的苏联人的废除礼貌运动，及至十余年来，苏联在外交酬酢上的节仪思索一下，更可证明中国从前的那种对于饮食的排场，实是跟社会经济的安定与否有绝大的关系。我们现在只重实际的吃，不重形式的吃，是从满清末年，宴客改用圆桌时就兴起了。愈到后来，愈是简朴，一张大圆桌，一次可以请上十六位佳宾，而且纵然在某些必须讲究礼节的场合中，也可大打赤膊，表示豪放。一直到现在，这种不拘的形式，说来好像是中国所独有。不过近年盛行的洋式鸡尾酒会，却也表现出繁重的洋式外交宴会，也渐渐从庙堂风、沙龙风，而趋于乡野风了。时代大轮随时在向前流动，此即中国古代《易经》的大道理：豪杰之士，明顺逆，知时务，便能操纵之，创造之，自己更新，与人更始，丢了旧的，成功一个新的。而非豪杰之士，才会时时想到持盈保泰，巩固他非法的既得利益，拼命迷恋骸骨，歌颂骸骨，并且时时提倡些什么本位，什么运动，其实只显得糊涂而已。试问他：请客时还能不能用八仙桌子①？还能不能摆上二十围碟的大席面？还能不能吹吹打打音尊候教？至少，还能不能穿起大礼服，用包金的象牙筷恭恭敬敬去奉贵宾一枚清汤鸽蛋？

三十三

汉朝人有句挖苦暴发户不懂得穿、吃艺术的成语："三世长者，知服食。"后世，将其译为白话，便成为："三代为宦，才知穿衣吃饭。"虽也有点道理，但舍艺术而就形式论，还是经不住谈驳也。三世之岁月，不能不算久矣，倘以中华民国建元以来说，三十五年又两个月，尚不过一世多点②，其间变动而不居的情形，则如何？小的不论，先看大的：袁贼世凯，强奸舆论，费了九牛二虎之力，丧尽祖先一十八代的德，不过想把时代向后挪一挪，将中华民国的民字，改为帝字而已，他成吗？张贼勋只管做了民国贪财好色的武官，老留着一条油光发辫，自以为愚忠砥柱，在民国六年时，把溥仪捧出来，不过浑水摸鱼，自己想当几天军机大臣而已，他成吗？历历数来，如此违反时潮的大事尚多，一直到目下，还像灰里余烬般，一伙非法的既得利益者，犹汲汲然在作扭转乾坤的努力，不管这伙人声势多大，手法多新，说的话多巧，你能担保他们都成吗？苟一切不成，则知三世相传的老形式，实在不能原封原样的保留它。即进而论到艺术，那也不是一成不变的，例如：祖老太爷时代，吃白水豆腐的蘸料，仅仅是温江白酱油里面加一点红油辣椒，加一点葱花，再多哩，加一点蒜泥，吃起来，已算了不起的美味了。然而到老太爷时代，就变了，不知不由的在这蘸料中，还要加一点芝麻油，或是芝麻酱，或是炒熟的芝麻，才感觉要这样，味道才好，前一代的人未免太单纯了。然而到老爷时代，交通方

李劼人与成都

107

① 八仙桌子：指方桌，因可坐八人，喻作八仙，故名。
② 我国古代以三十年为一世。

便，市面上有了洋广货品，而老爷又有了点半吊子的科学脑经，同一样白水豆腐，但蘸料却大变了，首先被革命的，便是红油辣椒和蒜泥，被认为过于激刺肠胃，不卫生，而代之的，乃是湖南的菌油，广东的蠔油，或竟是西餐上的德国"麻鸡"①，法国的"鬼布"②——按此必是穿过西装，能稍说几句洋话之新式老爷——你以为到此就止了步吗？然而不然也，到了现在的少爷时代，又变啦！首先，白水豆腐就改名号，被名为"老少平安"——此乃广东馆菜单上之芳名——蘸料哩，倘若少爷出过洋，尤其是到英美两国去看过洋景致的，他的办法很简单，不然，就根本不吃白水豆腐，而只吃洋国的"鸡丝"——译音，即"岂士"，即奶饼，已见前考——或只吃蒸得半生不熟的猪肝，搭两枚美国橘子，不然就根本不用蘸料，光吃白水豆腐，顶多加一点生盐；倘若少爷还讲究口腹的话，则蘸料中间必加入日本的"味之素"，爱国的则为天厨味精之类，以及峨眉或清溪③的花椒油。请想，光是蘸料配合一项，就跟着时代发生了偌大而偌多的变化，你能老抱着三世以前如何如何，来评论现代，而迷恋骸骨，歌颂骸骨，大大兴起九斤老太之一代不如一代之感吗？所以我说，苟不着眼现代，而徒然提倡什么名为新，而其实是旧得不堪的什么生活方式，那简直是大种糊涂虫，更谈不上中国人的食也！

三十四

　　中国菜的作法，是随着时代在改进，此可颂道者也。而吃的形式，也是随着时代在改变，此则有可论说之处。不过，我论说的主旨，得先声明：我绝对不赞成复古，或是泥古，像中国以前那种吃的形式，

---

①"麻鸡"：一种用棒子骨熬制的德国酱油。

②"鬼布"：法国的一种调料。

③ 清溪：在四川汉源县境，大相岭（又名泥巴山）下。汉司马相如开筑古道经此，后设清溪关，以特产花椒著称。

只可说是为了虚伪的礼貌，而太蔑视吃的事实。比方说，在大宴会时，席面是一百多样，水陆俱备，作法齐全的满汉大菜，而主要吃的人，却是一人一桌，顶寒伧的也是六人一桌的开席。每一样菜端上来，必须主人举箸相让，客人始能拿起筷子，大约讲礼的每菜只一箸，主人再让，可以再来一下。因此，笔记上乃载有裴文达公①吃了一整天满汉全席，竟至不能饱的叙述。即寻常专讲应酬的人们，在乡党间极可脱略②的宴会上，也往往吃了全席回家，还要捞一碗茶泡饭。像这样，只可说是暴殄，哪能说得上享受？此犹可说宴会之义，本意在吃，吃多了，显得穷相，不斯文。所以至斯文之女客，乃有吃得少，检得多之诮。女客走时，取各人面前茶碟中所堆积者，汇为一处，谓之曰聚珍，又曰：万仙阵。盖缘主人每菜所亲奉者皆为珍品，而客人则为礼貌所拘，又未便取食也。即在小布尔乔亚之日常食桌上，父子夫妇，兄弟姊妹，姑嫂妯娌，伯叔娘婶之间，亦复有许多只顾礼节，而实在说不到享受之处。每每上好的菜，亦为了礼节，长者纵只下一二箸，小辈虽然馋到眼红吞口水，设若长辈不打招呼，仍然只好撤下桌去，让用的人吃。于是小房间中，乃有私房菜之兴起，本来和气一团的人家，可以因了一点菜，弄到很生疏，甚至引起争执。像这样，我就宁可称颂一般大多数平民之蹲住一块，各捧着一碗白饭，共同享受着一样菜，或两样菜而吃得嘻嘻哈哈的方式。你以为大家的筷子搅做一团，没有三推五让的节仪调乎其间，便会因为半箸不匀，遂红眉毛、绿眼睛的抢起来，打起来，那么你只管放心！我们全中国三亿六千万的平民——以最近内政部公布的全中国人四亿五千万打八折，系根据一般说法，中国农民占人口百分之八十，照愚见，农民大概可算是小布尔乔亚阶级以下的平民了罢——很少听见为了争半箸菜，而在坚苦的抗

---

① 裴文达公：是裴曰修死后的谥称，字叔度，一号漫士，清乾隆时进士，历任礼、刑、工部尚书。撰有《热河志》《太学志》《秘殿珠林》等书。

② 脱略：意思是放任或不拘束。

战八年以后，还挽住领口，又吐口水，又诀娘骂老子的吵打一年而不歇的。而且相反的，任凭你有什么了不起的道理，也不许在吃饭时候理论，更不许说毛了就出手打人。一出手便错，理由是："天雷也不打吃饭人。"

<h2 style="text-align:center">三十五</h2>

中国平民之捧着一碗白饭，不一定要有桌子板凳，随蹲随站的吃，诚然较之小布尔乔亚阶级以上的人，吃法简朴天真，比起专讲虚伪的礼貌，固自值得颂道了，可是在态度和情绪上，还是有问题。其问题，在光是有了不得已而吃它呢？抑或为了人生要素的享受？由前而言，那不过一任本能的冲动，犹之中国之打内战，无论如何说法，总难抬出一个使人心服的理由。由后而言，这来头就重大了，不管人生的意义在哲学上如何讲解，要之，不吃既无人生。粗浅的说罢，一日二日不吃，尚可也；三日四日不食，起码就精神萎靡。倘不出于自动的绝食，已经是社会问题；如其不出于自动绝食的人数上了一大群，那可了不得！不但成了政治问题，而且也成了国际问题。中国理学家只管奖励人"饿死是小事"，但是苏武老爹在贝加尔湖饿得用毡子裹着雪嚼，也还未曾受多大的责备，并且理学家前辈的儒家，到底不能不恭维法家管仲的说法："衣食足而后知礼义，仓廪足而后知荣辱，"以今为证，在河南、湖南、山东、河北一些饥馑地方，要是不用物质去救济，你纵然将上海用霓虹灯照的"礼义廉耻"四个字扛了去，再请会弄黑白的宣传部长天天舌敝唇焦的广播，教训了再教训，辱骂了再辱骂，诬蔑了再诬蔑，恐吓了再恐吓，而其结果，还只是一个乱字。但是"一吃而安天下"，张道陵的后裔，凭了汉中的米，可以成为宗教；李密凭了陈仓的米，可以建立瓦岗寨，你想吃之于人，何等重要！而且吃一顿饱饭，顶多只能管八小时，又不比衣服，作一件可以抵挡相

当久的时日，因此，这意义，又更重要了。如其逐日吃得停匀，吃得好——即是说营养够了——则红光满面，精神饱满，气力充实，不说别的，就用来打内战，也理直气壮得多呵！所以古人才说："民以食为天"；所以孔夫子之许可子路，亦以其在"足兵"之先，提出了个"足食"；所以征实敝政，只管大家都晓得，一年当中，从入仓到船运，不知糟蹋了若干粮食，引坏了若干人心。然而当局宁可屡失大信于民，仍要征……征……征……！

三十六

上来所言不免过于啰唆，而且野马跑得太远，如单就吃的态度与情绪说罢，中国古人对于吃，原是认真的，为了鼎尝异味，可以翻脸弑君①。因此，先王欲以礼节之，不图矫枉过正，其归结是，认真的情绪竟为礼貌淹没了，而流于虚伪的应酬，流于暴殄。自满清末季以来，礼乐不作，衣冠未制——此理言之太长，如其将来有兴写到谈中国人的衣冠娱乐，再细说罢——在吃的方式上，乃得返于简朴，于是，一般人的情绪，也才渺渺的认真起来。李梅庵清道人之"道道非常道，天天小有天"，梁鼎芬②之被名为"狗吃星"，都是认真的表现。然而说到态度，则不免由超脱而流为苟且。脱，即四川话之"骚脱"，普通话谓之不拘，尚可也，以其情绪论近乎认真，并不是见啥吃啥，捞饱作数；至于苟且，那便是为了不得已而吃，甚至为了对付肚皮而吃的，

111

---

① 即典故"染指于鼎"。《史记》和《左传》均有记载。《左传·传（二）》：宣公四年春，"楚人献鼋（鳖鱼、团鱼）于郑灵公。公子宋（子公）与子家将见，子公之食指动，以示子家，曰：'他日我如此，必尝异味。'及入，宰夫将解鼋，相视而笑。公问之，子家以告。及食大夫鼋，召子公而弗与也。子公怒，染指于鼎，尝之（伸出食指往鼎里蘸尝）而出。公怒，欲杀子公。子公与子家谋先。子家曰：'畜老，犹惮杀之，而况君乎？'反谮子家。子家惧而从之，夏，弑灵公"。

② 梁鼎芬（1859—1919），字星海，广东番禺人，1880 年（清光绪六年）登进士。工诗，但多悲慨超然，有诗集传世。

其情绪出于勉强。兹借两个故事说明，以免言费：其一，是一位到过法国的仁兄，叙说他亲眼看见的一件事。时为一千九百二十一年，地点在法国南部某城，事情是：一个乞丐模样的中年人，当正午十二点半钟，全城人家应该吃午饭时。这位乞丐先生遂也坐在一座大理石纪念碑下的，挺宽而挺平的石阶上，面前铺上一块白布，随在全身衣袋中，摸出了许多油纸包的东西，极有秩序的摆设起来，有黄油，有果酱，有黄莎士拌好的生菜，有干牛脯，有干鲞鱼，有两块大面包，有两瓶红葡萄酒，也有刀叉，也有一只小瓷盘。一切摆好之后，才舒适的坐好了，把当天的一份报纸展开，既富于礼貌，而又旁若无人的旋看报，旋用起午餐来。那位一直在他旁边窥伺过的异国仁兄，不由向我感叹说："他竟然具有在他公馆的大餐厅里用餐的气概，那种安然享受的情绪，真动人！"其二，是在民国十八年秋冬之交，不知因了一桩什么事情，得以参加卢作孚先生北碚峡防局①内一次盛大的聚餐，那时，并非兵荒马乱，而聚餐的人，也大都是有教养的，有素修的小布尔乔亚一类的人士，而且菜也相当考较，饭也是洁白的。但是吃饭的人却都站在桌边，从卢先生起，一举筷子，全牢守着"食不语"的教条，但闻稀里哗啦，匙箸相击，不到十分钟，这顿盛大的聚餐便完毕了。我当时不胜诧异，何以把聚餐也当作打仗？而卢先生的解释，则谓：人要紧张的工作，一顿饭慢条斯理的吃，实无道理可说，徒以养成松懈的习惯，故不能不改革之。呜呼！吃为人生大事，只顾捞饱作数，而不以咀嚼享受的情绪出之，此苟且之至，可乎？

三十七

　　一直到今日，可说一般中国人在吃的方式和态度上，简朴是很

---

　　① 那时卢作孚在其家乡北碚任峡防局长（地方自治组织），并在那里创办图书馆、博物馆及中国西部科学院等文化事业基地。

简朴了，认真也很认真，只是嫌其不甚了解吃于人生的意义，而往往过于苟且，除了正正经经的大宴，稍存雍容的礼貌外，无论大布尔乔亚，小布尔乔亚，乃至平民——我只承认中国有世家，而不承认有贵族。由于历史太长，代谢频频，一切阶级，颇难维系。在目前，老实说罢，只有的是既得利益阶级和贫穷阶级而已——对于吃，只能说是暴殄与捞饱作数。至于作为有意义的享受，那真说不上。我诚心恭维中国菜，我不造成半吊子的科学化，我尤不赞成提倡大众菲薄的吃，像平民之弄到吃观音土，吃自家的儿女；兵士弄到吃泥沙和发霉的"八宝饭"①，那真可说不成为国家。执政者苟有丝毫良心，何能口口声声，专门责备人民的不对，而自己便显得毫无责任似的！我的意思，愿意四万万七千万的大众每顿都有肉吃，每顿都有叫洋人看了而羡慕的四菜一汤吃饭；更祷告：燕窝、鱼翅等珍贵之品，每一个月，要有一二次作为平民大众桌上佐餐的菜；而牛奶，不光是给与贵妇人去洗澡，即穷乡僻壤的小儿，每天都能分享半磅。尤其重要的是，平民大众的食桌上都能有一瓶花；虽然不必都照西餐的办法，各人吃一份，但碗盏杯盘总得精巧而光致。更根本的，则在吃的时候，大家都能心境坦然，不把这事当作打仗，当作对付，也无须要感谢什么神、什么人之偿赐我们一饱，而确实认得清楚这是人生的要义，非有享受的情绪不可。无谓的礼貌可以不必，而雍容的态度则不可不有。

　　像这样，庶几中国太平！要打仗，也可以认认真真的打呵！

　　（本稿自"前言"之后，从第一节到第二十五节，在 1948 年曾以《漫谈中国人之衣食住行——饮食篇》为题，发表于《风土什志》第二卷三至六期；从第二十六节至第三十七节，以《谈中国人的食》这个题

李劼人与成都

113

---

① "八宝饭"：抗战时期，国民党的粮政部门营私舞弊，在米粮中掺和泥沙、粗糠、谷壳、稗子甚至小石子等杂质出售，故人民都讥之为"八宝饭"。

目，依次连载于 1947 年《四川时报·华阳国志》。本稿系作者《漫谈中国人之衣食住行》书稿中的一部分。1956 年左右作者应中国青年出版社之约完成了包括衣食住行四个部分的全部书稿。但除本稿以外的部分，至今不为人知。）

第三辑

四川大学
文学博士　胡余龙

　　成都是李劼人的生长地，而李劼人是成都的记录者。巴金评价李劼人说："只有他才是成都的历史家，过去的成都活在他的笔下。"在这一辑里，作者以历史考据的精神、清晰明了的语言娓娓道来当时成都的社会生活，着重描绘了当地具有标志性的建筑和场所，一股浓浓的巴蜀气息扑面而来。

　　作为一名"成都土著"，李劼人将成都的每一条街市、每一栋建筑、每一家茶馆融入了自己的写作之中。大家都知道中国有一座城市叫"成都"，却不知道它还有许多别号，心细的李劼人一一考证了这些别号的来历和含义（《成都城也有别号》）。青羊宫是道士的发源地，成都人没有"赶庙会"一说，只有"赶青羊宫"，足见青羊宫的香火之盛（《青羊宫》）。在青羊宫前面，顺着迎仙桥过去的那条街道名为青羊场，每逢"赶场之期"，热闹非凡（《青羊场》）。相比之下，武侯祠稍显冷清，每年正月初三到初五游人最多（《武侯祠》）。说到成都，自然不能不提茶馆，城里几乎随处可见大大小小的茶铺，"坐茶铺"早已成为成都人不可替代的一种生活方式（《茶铺》），这种"找舒服"的生活方式甚至在抗战时期成为被"新生活"理论家革命的对象（《从吃茶漫谈重庆的忙》）。

　　这一辑的文字乍看之下有些"掉书袋"，其实不然。李劼人是想尽可能详细地记录有关成都的各类风土人情资料，为史存目。它们耐读，读的次数越多，越能感受到作者对于成都的浓情厚谊。

成都城也有别号

一人一名。这是近几年来，因了编制户籍，尤其因了在财货方面的行为，便于法律处理，才用法令规定的。行得通否，那是另一问题。

中国人从"书足以记姓名"起，每一个人的称谓，就不止于一个。例如赵大先生，在他的家谱上是初字派，老祖宗在谱牒上给他的名字叫初春，字元茂。到他学会八股，到县中小考时，自嫌名字不好，遂另取一名叫德基，是谓学名，或称榜篆，除谱字元茂外，又自己取个号，叫启成。后来进了学堂，并且还到日本东京留了八个月的学，人维新了，名字当然不能守旧，遂废去德基、元茂，以肇成为名，另取天民二字为号，同时又取了两个别号，一曰啸天，一曰鲁戈。后来作了县知事，还代理过一任观察使，觉得新名字和别号都过激了一点，于是呈请内务部改名为绍臣，号纯斋。中年以后，转入军幕，寄情文酒，做官弄钱之外，还讲讲学，写写字；讲学时，学生们呼之为纯斋先生，写字落款，则称乐园，乐园者，其公馆之名也。据说，公馆的房子倒修得不错，四合头而兼西式，但是除了前庭后院有几株花树外，实在没有园的形迹。近年，赵大先生渐渐老了，产业已在中人之上，声誉著于乡里，儿子们不但成立，还都能干，大家更是尊敬他，称之曰纯老，纯公，或曰乐园先生。总而言之，统赵老大一生而计之，除了写文章用的笔名，除了不欢喜他的人给他的诨名而外，确确作为他的正经的名称，可以写上户籍，以及财产契约上，以及银行来往户头上的，便有赵初春、赵元茂、赵德基、赵肇成、赵天民、赵啸天、赵鲁戈、赵绍臣、赵纯斋、赵乐园，足足十个，还不必算入他的乳名狗儿、金生两个，与夫三个干爹取的三个寄名。

中国人名字太多，遂有认为是中国人的恶习。我说，不，中国人的恶习并不在名字之多，而在生前之由于崇德广业，以地名人，如袁世凯之称袁项城，冯国璋之称冯河间，和以官名人，如李鸿章之称李宫保，或李傅相，如段祺瑞之称段执政，甚至如章士钊之在《新甲寅杂志》上之寡称执政；至于死后之易名，只称谥名，无数的文忠，无数的文正，无数的文襄，这才是俗恶之至。

名字多，倒不仅只中国"人"为然，一座城，一片地，一条街，也如此；有本名，有别名，有古名，有今名，还有官吏改的雅名，还有讹名。

成都南城，由老半边街东口通到学道街的一条小巷，本名老古巷，一音之转，讹成了老虎巷；从前的成都人忌讳颇多，阴历的初一十五，以及每天大清早晨，忌说老虎鬼怪，不得已而言老虎，只好说作"猫猫儿"，而土音则又念作"毛毛儿"；原来叫老虎巷的，一般人便唤之为毛毛儿巷。东门外安顺桥侧的毛毛儿庙，其实也就是老古庙。少城内有一条街，在辛亥革命以前，少城犹名为满城时，此街叫永安胡同，革命后把胡同革成了巷，改名叫毛毛儿巷（即猫猫巷），到一九二四年（即民国十三年），四川督理杨森尚未经营"蓉舍"以前，曾卜居此巷，于是随员副官和警察局员都紧张了，他们联想力都很强：毛毛巷即猫猫巷，即老虎巷；杨、羊同音，杨督理住在毛毛巷，等于羊入虎口，不利，幸而杨森那时还带有一个什么威字的北洋政府所颁赐的将军名号，于是才由警察局下令将巷名改过，并升巷为街，改为将军街焉。

一条街，有本名，有别号，而且也有其原委。一座挺大的城，难道就不吗？当然，城，也如此，有它的别号，例如成都。

成都，这名称，据《寰宇记》讲来，颇有来历。它说："周太王迁于岐山，一年成邑，二年成都，故名曰成都。"意若曰，成都这城，建立不久居民就多了起来。这名字是否该如此解，暂且不管它，好在它与人一样，本名之外，还有几个别号，读读它的别号，倒满有意思。

目前顶常用的一个别号叫芙蓉城，简称之曰蓉城，或曰蓉市，一如今日报纸上常称广州为穗城，或穗市一样。

芙蓉，本应该唤作木芙蓉，意即木本芙蓉，犹木棉一样，用以别于草本芙蓉，和草本棉花。草本棉花之为物，我们不待解释即知，而草本芙蓉，大约已经没有更多的人知道即池塘中所种的荷花是也。荷花的名字颇多，最初叫芙叶，一曰芙蓉，古诗云：涉江采芙蓉，即涉江采荷花；唐诗云：芙蓉如面柳如眉，即是说杨玉环之脸似荷花，也如说四川美人卓文君的美色一般。大约即自唐代起，才渐渐把木本芙蓉叫作芙蓉，草本芙蓉便直呼之为荷花，为莲，为藕花，为菡萏去了。

芙蓉城的来历如何呢？据宋朝张唐英的《蜀梼杌》说，则是由于五代时，后蜀后主孟昶于"城上尽种芙蓉，九月间盛开，望之皆如锦绣。昶谓左右曰：'自古以蜀为锦城，今日观之，真锦城也！'"这只叙述芙蓉城的来源。另外一部宋人赵抃的《成都古今记》，就稍有渲染的说："孟蜀后主于成都城上遍种芙蓉，每至秋，四十里如锦绣，高下相照，因名锦城。"

木芙蓉一名拒霜，叶大丛生，虽非灌木，但也不是乔木，其寿不永，最易凋零；在孟昶初种时，大约培植还好，故花时如锦，高下相照，但是过些年就不行了。明朝嘉靖时陆深（子渊）的《蜀都杂钞》便说："蜀城谓之芙蓉城，传自孟氏。今城上间栽有数株，两岁著花，予适阅视见之，皆浅红一色，花亦凋瘵，殊不若吴中之烂然数色也。"同时另一诗人张立，咏后蜀主孟昶故宫的一首七言绝句，也说："去年今日到成都，城上芙蓉锦绣舒，今日重来旧游处，此花憔悴不如初！"岂不显然说明在南宋时，城上芙蓉已经是一年不如一年？自此而后，所谓芙蓉城，便只是一个名词罢了。大约这种植物宜于卑湿，今人多栽于水边，城墙比较高亢多风，实不相宜，故在清乾隆五十四年，四川总督李世杰曾经打算恢复芙蓉城的旧观，结果是只在四道瓮城内各剩一通石碑，刊着他的一篇小题大做的《种芙蓉记》；民国二十二年拆毁瓮城，就连这石碑也不见了。幸而文章不长，而且又有关于城墙历史，特全钞于下，以资参考。

李世杰《成都城种芙蓉碑记》："考《成都记》，孟蜀时，于成都城遍种芙蓉，至秋花开，四十里如锦绣，因名锦城。自孟蜀至今，几千百年，城之建置不一，而芙蓉亦芟薙殆尽，盖名存而实亡者，久矣。今上御极之四十八年，允前督福公之请，（按：福公即福康安，在李世杰之前的四川总督。）即成都城旧址而更新之，工未集，适公召为兵部尚书。余承其乏，乃督工员经营朝夕，阅二年而葳事。方欲恢复锦城之旧观，旋奉命量移①江南，亦不果就。又二年，余复来制斯土，遂命有司于内外城隅，遍种芙蓉，且间以桃柳，用毕斯役焉。夫国家体国经野，缮隍浚池，以为仓库人民之卫，凡所以维持而保护之者，不厌其详；而况是城工费之繁，用币且数十余万，莅斯土者，睹此言言仡仡②，宜何如慎封守、捍牧圉，以副圣天子奠定金汤之意！然则芙蓉桃柳之种，虽若循乎其名，而衡以十年树木之计，则此时弱质柔条，敷荣竞秀，异日葱葱郁郁，蔚为茂林，匪惟春秋佳日，望若画图，而风雨之飘摇，冰霜之剥蚀，举斯城之所不能自庇者，得此千章围绕，如屏如藩，则斯城全川之保障，而芙蓉桃柳又斯城之保障也夫？是为记。乾隆五十四年五月立。"

另有一个别号以前常用，现在已不常用，锦官城是也，简称之曰锦城。这也和广州的另一别号一样，以前叫五羊城，简称之曰羊城，而今也是不常用之。

锦官城原本是成都城外相去不远的一个特别工业区的名字。据东晋蜀人常璩的《华阳国志》说，夷里桥直走下去，"其道西，城、故锦

---

① 量移：唐时，官吏犯错误被贬到远方，后来遇赦才酌量移到近处任职。
② 言言：高大貌；仡仡：同屹屹，高耸状。都出自《诗·大雅·皇矣》："崇墉言言"，"崇墉仡仡"。

官也。"另一东晋蜀人李膺的《益州记》说得更为清楚:"锦城在益州南,笮①桥东,江流南岸,昔蜀时故锦官处也,号锦里,城墉犹在。"益州,查系汉武帝元封二年(公元前一〇九年)分牂牁郡的一部份加于蜀,故谓之益,益者加也,一曰益者隘也,现在由陕西宝鸡县南渡渭水,相距四十华里之益门镇,古称隘门,即就一例云。汉晋之益州即今日之成都,"在益城南"即在成都之南。所说锦城方位,与《常志》同。略异者,只《李记》说是在笮桥东,《常志》说是在夷里桥南。笮桥是古时成都西南门外有名的索桥,夷里桥则在南门外,此二桥都是李冰所建的七桥之二,早已无迹可寻,不过此二桥皆跨于大江之上。大江即锦江,一名流江,故林思进所主修的《华阳县志》,以为李膺《益州记》所说的"江流南岸",实即"流江"之误,这是很合理的。

成都在古时李冰治水之后,有两条江绕城而过,一曰流江,一曰沱江。以前代记载看来,这两条江并不像现在的样子:一由西向北绕而东南,一由西向南绕而东南,这样的分流,是在唐僖宗时高骈建筑罗城后始然。之前,这两条江都是平行并流,都是由西向南绕而东南流去,故左思②的《蜀都赋》才有这一句:"带二江之双流",言此二江并流,如带之双垂也。同时刘逵为之注释亦曰:"江水出岷山,分为二江,经成都南东流经之,故曰带也。"

我们必须知道流江、沱江是平行而并流,才能明白《华阳国志》所说:"锦工织锦,濯其中则鲜明,濯它江则不好,故命曰锦里也。"所谓濯其中者,乃濯于流江之中,所谓濯它江者,即指其并流之沱江也。魏郦道元的《水经注》,虽引《常志》,而就老实这样说了:"夷里道西,故锦官也。言锦工织锦,则濯之江流,(照林修《华阳县志》,实应写作流

---

① 笮:读 zuó,用竹篾编织的缆绳。

② 左思(约250—305):字太冲,西晋文学家。他构思十年,写成《三都赋》——《蜀都赋》《吴都赋》《魏都赋》,称赞三国时代三个都城的形胜、特产等——人们竞相传抄,一时洛阳为之纸贵。

江，已见前。）而锦至鲜明，濯以它江，则锦色弱矣，遂命之为锦里也。"
倘若沱江在城北绕东而南流，那吗，锦工在城南江边织锦，无论如何，
也不会特别跑到城北或城东去洗濯，而又批判它不好。即因流江适于濯
锦鲜明，所以此一长段流江，也才称为濯锦江，简称之曰锦江、曰锦
水。此一片地方，即名锦里。锦工傍流江而居，特设一种技术官员来管
理之，并在工厂周遭筑上一道挺厚的墙垣，一用保护，一用防闲，这就
叫锦官和锦官城，简称锦城。

　　如此说来，锦官城实在成都之南，夷里桥大道之西的流江之滨。在
西汉以后，这种组织已废，锦工们便已散处成都城内，故《常志》、《李
记》说起这事，才都作故事在讲。然而何以会把成都附会成锦官城呢？
说不定在隋朝蜀王杨秀扩展成都时，旧的锦官城故址竟被包入，或者挤
进郊郭，混而为一，因而大家才把成都城用来顶替了这个特区的名字。
林修《华阳县志》以为由于宋朝欧阳忞的《舆地广记》有成都旧谓之锦
官城，一语之误，则是倒果为因，于理不合了。

　　锦官当然是管理织锦的一种专贾。像这类的官，汉朝相当多，犹
之抗战中间，孔祥熙这家伙在四川所设的火柴官、糖官等等一样。汉朝
的四川，除了锦官外尚设有工官、铁官、橘官、盐官，但皆不在成都附
近，可以不谈。在成都城外，接近锦里左近的尚有专门管理造车的官，
叫作车官，而且也像锦官样，有一道挺厚的墙垣，以为保护防闲之用，
叫作车官城。《华阳国志》说："西，又有车官城。其城东西南北，皆有
军营垒城。"看来，规模比锦官城大得多。当时四川初通西南夷，而车
道通至夜郎国[①]外，平常交通以及军戎大事，无不以车，故汉时在成都
造车，确是一桩大工业。不过车，毕竟是普通工业，不如锦之特殊，其
后湮没了终于就湮没了，所以不能如锦之保有余辉者，即普通与特殊之

---

　　① 夜郎国：从战国到汉代，我国西南地区一小国，主要在今贵州西部和北部，以及云南东
北、四川南部、广西北部的部分地区。

判别故也。

织锦是成都的特殊工业，其所以致此者，由于成都在古代有这种特产：蚕丝。此事且留待后面说到蚕市和蜀锦时再详。现在我要告诉大家的，即是这种特殊工业已没落了，虽然在历史上成都曾被南诏蛮人围攻过几次，并掳走过若干万巧工，但是终不如张献忠在清顺治三年由成都撤走时，把所有的技工巧匠剿杀得那么馨尽，故丹棱遵泗的《蜀碧》乃说："初，蜀织工甲天下，特设织锦坊供御用。……至此，尽于贼手，无一存者；或曰，孙可望独留十三家，后随奔云南，今'通海缎'其遗制也。"

《蜀碧》系清嘉庆十年（公元后一八〇五年）出版的，所谓今之"通海缎"，不知是指清初而言吗，抑指嘉庆年间而言？总之，"通海缎"绝迹已久，无可稽考。

岂止"通海缎"绝迹，即光绪年间曾经流行过一时的"巴缎"，和民国初年犹然为人所喜爱的"芙蓉缎"，也绝迹了。迄今尚稍稍为人称道的，仅止作为被面的一种十样锦缎，以及行销西藏的一种金线织花大红缎，然而持与偶尔遗留的宋锦比起来，则不如远甚！

蜀锦已落没了。关于锦官遗迹，只有东门外上河坝街还有一个锦官驿的名称，大约再几年，连这名称也会澌灭了。成都县衙门侧近的锦官驿，不是早随驿站之裁撤，而连名称都没有了吗？

此外，成都尚有一个不甚雅致的别号，叫龟城。龟本来是个好动物，中国古人曾以龙凤麒麟配之，尊为四灵；又说龟最长寿，与白鹤相等，故祝人之寿，辄曰"龟鹤遐龄"；并且以龟年，龟寿取名者也不少，明朝人尚有以龟山为号的。大约自明末起，规定教坊司①只能戴绿头巾，着猪皮靴，骑独龙棍，到处缩头受气，被人形容为龟之后，这

① 教坊司：从唐代开始设置，掌管除雅乐以外的音乐、歌唱、舞蹈、百戏教练、演出等事的官署。明代隶属礼部，直到清雍正时废置。

位四灵之一，于是方被世俗贬抑得不屑置诸口吻。我说，这未免太俗气了！

谓成都为龟城，始于扬雄①的《蜀本记》。此书已失传，惟散见于各家记载所引，其言曰："秦相张公子筑成都城，屡有颓坏，有龟周旋行走，巫言依龟行迹筑之，既而城果就。"到宋朝乐史作《太平寰宇记》，便演化得更为具体了，大概后来的传说都根据于此。他说："成都城亦名龟城。初，张仪、张若城成都，屡坏不能立，忽有大龟出于江，周行旋走，巫言依龟行处筑之，城乃得立。所掘处成大池，龟伏其中。"这种传说，在古代原极平常，因为筑城乃是大事，如其不能一次成功，其间必有什么原由，而在屡筑屡坏之余，忽然又筑成了，这其间必又有什么神助。比如胡三省注《通鉴》引晋《太康地记》说马邑之所以名为马邑一样："秦时，建此城，辄崩；有马周旋走反覆，父老异之，周依次筑城，遂名马邑。"马邑是山西之北、雁门关外，由大同到朔县铁路旁边的一个小城，现在虽不重要，但在历史上倒是一座名城。北方是干燥的黄土高原，故于筑城不就，云得其助者为马；成都泽洳多水，云得其助者，便是龟了。马邑、龟城，情形相同，恰好又可作对联。

龟城又称龟化城，一写作龟画。扬雄所言，是否可信？我以为只是故神其说而已。五代时，李昊作《创筑羊马城记》有云："张仪之经营版筑②，役满九年"，成都城之初筑，虽不见得就费了九年之久，想来一定花费了不少时间。为什么呢？就因为成都当时在李冰治水之前，满地尚是洳泽，土质疏劣，筑城极不容易，屡筑屡坏，便因此故。唐僖宗时，王徽作《创筑罗城记》，就曾说道："惟蜀之地，厥土黑黎，而又硗

---

① 扬雄：字子云，成都人。西汉文学家、哲学家、语言学家，著有《甘泉赋》《河东赋》等；后来鄙薄辞赋，研究哲学，著《法言》《太玄》；继又研究语言学，著《方言》，记述西汉时代各地方言，并续《仓颉篇》，编成《训纂编》。

② 版筑：用木夹板修筑土墙。

确[1]，版筑靡就。"这是实情。至何以会说到龟的身上？王徽《记》上比较说的颇近情理，他说："蜀城即卑且隘，像龟形之屈缩。"这更明白了，换言之，即是说成都城虽建筑在平原上，却为了地形水荡所限，不能像在北方平原上那等东南西北的拉得等伸而又廉隅[2]，却是弯弯曲曲，弄成一种倒方不圆，极不规则的形势，很像龟的模样，故称之曰龟城。龟城者，像龟之形也；再一演绎，便成为"依龟行迹"，于是龟就成为城的主神了，似乎成都城之筑成，全仰仗了乌龟的助力。

先是附会一点乌龟懂得筑城术，倒没什么要紧，顶不好的就是还要在龟的身上，附会出一些祯祥灾异的色彩，那就未免无聊。例如通江李馥荣在清康熙末年所著的《滟滪囊》，叙到流寇摇天动、黄龙等十三家，和张献忠将要屠杀四川时，便先特提一笔说："崇祯十七年，成都濯锦桥下绿毛龟出，约五丈为圆，小龟数百相随，三日后入水不见。"同样，在叙到吴三桂将要反叛清朝，派兵入川之年，又先特提一笔说："康熙十二年癸丑，成都濯锦桥下绿毛龟现，大如车轮，见背不见首；有小龟数百，浮于水面，三日后乃不见。"

如果《滟滪囊》所记二事都确切可信的话，那就太稀奇了！三十年间，同样大小的绿毛龟，带着几百只龟子龟孙，特为向大家告警，不上不下，偏偏在东门大桥的顶浅而又顶湍激的水中浮上来，也不怕喜欢吃补品的人们将其弄来红烧清炖，居然自行示众三天，悠然而逝，这岂是物理？也不近乎人情！大约只是由于成都原有龟城之说，不免把龟当作了成都的主神，认为主神出现，便是这一地方有刀兵的先兆。但李馥荣也并非故意造谣，说大龟出现，本亦有据，王士祯的《陇蜀余闻》，就有一条同样记载说："成都号龟城，父老言，东门外江岸间，

---

① 硗确：指土坚硬而不肥沃。
② 廉隅：有两种解释，一为行端志坚，一指算术开方，以边为"廉"，角为"隅"。这里意指方方正正。

有巨龟大如夏屋①，不易见出，出则有龟千百随之。康熙癸丑，滇藩未作逆时曾一见之。"按王士祯即清初有名诗人，号贻上，别号渔洋山人者，是也。此人曾两次入川，第一次是康熙十一年，奉命到成都来当主考，是时成都才被清兵收复不到十三年，城郭民舍都还在草创之际，他作了一部《蜀都驿程记》，描写当时大乱后的情形，颇为翔实；第二次是康熙三十五年，奉命到陕西祭华山，到成都来祭江渎祠。这时是在平定吴三桂之后，四川业已步入承平阶段，他作了一部《秦蜀驿程记》，描写成都，较第一部游记为详。此外，他又写了三部笔记：一曰《香祖笔记》，一曰《池北偶谈》，一曰《陇蜀余闻》，都有关于四川的耳闻目睹的记载。尤其最后一部，记得更多，上面所引记大龟那段，便是一例。

可见成都东门外，在康熙十二年癸丑，出现主神大龟一事，实在由于故老传说。《陇蜀余闻》尚能比较客观的说是出现在江岸间，不过太大了，是否有关灾异，他还未曾确定，只是说明其与成都号称龟城为有关联而已。事隔二十余年，到李馥荣的笔下，于是就由一次出现，演为二次；由泛泛的江岸间，演为确指的东门大桥之下；由与龟城的偶合，演为主神的预兆。我说，《滟滪囊》的话，诚然不可靠，《陇蜀余闻》的话，其可靠也只有一半，即是说，成都城外江水中或有几头较寻常所见为大的大乌龟，偶尔浮游水上，但是绝不能大如夏屋，大如车轮，大至周圆五丈；如其不在流水中的老龟，或许背壳上生有一些苔藓之类的东西，乍眼看来，好像是绿毛，但若潜伏在湍激的水中，尚未必然，则绿毛之说，显为附会，至于前后两次都在水面自行示众三天，那更说不通。

总而言之，龟是寻常介类，到处可见，即令大如夏屋，也并非什么了不起的东西。若说它与成都城有关系，则是古人有意附会，至于引经

126

① 夏屋：夏，大也。《诗·秦风·权舆》："于我乎夏屋渠渠"，渠渠，大的样子。

据典，像一般野老样，说成都人动辄骂人为"龟儿子"，便由于成都初筑城时，是凭了龟鳖之故，那吗，重庆人之开口老子，闭口老子，则又如何解释呢？

（选自《二千余年成都大城史的衍变》，原载 1949 年《风土什志》第 3 卷第 2 期）

青羊场

在前八年的光景，春夏之交，我不知为着什么事情，须出南门到青羊场去走一次。

青羊场在道士发源地的青羊宫前面，虽是距南门城洞有三四里，其实站在西南隅城墙上，就望得见青羊宫和它间壁二仙庵中的峨峨殿宇，以及青羊场上鳞鳞的屋瓦。场街只一条，人家并不多，除二、五、八场期外，平常真清静极了。

我去的那天，固然正逢赶场之期，但已在午后，大部份的乡人都散归了。只不过一般卖杂粮的尚在街的两侧摆了许多箩筐；布店、鞋店、洋货店等还开着门在交易；铁匠店的砧声锤声打得一片响；卖零碎饮食的沿街大叫。顶热闹的是茶铺和酒馆。

乡人们散处田间，又不在农隙之际，彼此会面谈天，商量事情，只有借赶场的机会。所以场上的茶馆，就是他们叙亲情、联友谊、讲生意、传播新闻的总汇。乡人们都不惯于文雅，态度是很粗鲁的，举动是很直率的，他们谈话时都有一种特别的语调：副词同感叹词格外多，并且喜欢用反复的语句和俗谚以及歇后语等，而每一句话的前头和后头又惯于装饰一种詈词。这詈词不必与本文相合，也不必是用来詈人或詈自己；詈词的意思本都极其秽亵，稍为讲究一点的人，定叹为"缙绅先生难言之"的，（其实缙绅先生之惯用詈词，也并不下于乡人们，不但家门以内常闻之，就是应酬场中也成了惯用语。）然而用久了，本意全失，竟自成为一种通常的辅语。乡人们因为在田野间遥呼远应的久了，声带早已练得很宽，耳膜也已练得很厚，纵是对面说话，也定然嘶声大喊，同在五里以外相语的一般。因此，每家茶馆里的闹声，简直比傍晚时闹林的乌鸦还来得利害。

乡人们不比城内人，寻乐的机会不多，也只有在赶场时，把东西卖了，算一算，还不会蚀本，于是将应需的买得后，便相约到酒馆中去，量着荷包喝几盅烧酒。下酒物或许有点咸肉、醡鸡，普通只是花生、胡豆、豆腐干。喝不上三盅，连颈项皮都泛出紫色。这时节，谈谈天气，或是预测今年的收成如何；词宽的，慨叹一会今不如古，但是心里总很快活，把平日什么辛苦都忘记得干干净净的。

我那天也在茶馆里喝了一会茶，心里极想同他们谈谈，不过总难于深入，除了最平常的话外，稍为谈深一点，我的话中不知不觉，总要带上几个并不新奇的专名词。只见他们张着大眼，哆着大口，就仿佛我们小时候听老师按本宣科讲"譬如北辰，众星拱之"一段天文似的。我知道不对，只好掉过来问他们的话，可还是一样，他们说深一点，我也要不免张眼哆口，不知所云了。

及至我出了茶馆，向场口上走来。因街上早已大为清静了，远远的就看见青羊宫山门之外，聚有十来个乡下人，还有好几个小孩子，都仰面对着中间一个站在方桌上的斯文人。那斯文人穿着蓝竹布衫，上罩旧的青缎马褂，鼻上架着眼镜，头上戴的是黄色草帽；他手上执着一叠纸，嘴皮一张一翕，似乎在讲演什么东西。我被好奇心驱使着，不由就趋行上前，走到临近，方察觉这斯文人原来是很近视的，而且是很斯文的。他的声音很小，口腔是保宁一带的人。川北口音本不算难听，不过我相信叫这般老住乡下的人们来听，却不见得很容易。

此刻他正马着面孔，极其老实的，把手上的纸拿在鼻头上磨了磨，把眼一闭，念道："蟋蟀……害虫！……有损于农作物之害虫也！……驱小……"他尽这样念了下去，使我恍如从前在中学校上动物课，听教习给我们念课本时一样。

我倒懂得他所念的，但我仔细把听众们一看，只见他们都呆呆的大张着口仍把这斯文人瞪着，似乎他们的耳神经都失了作用，专靠那张大口来吞他的话一样。小孩子们比较活动一点，有时彼此相向一笑，或许他们也懂了。

约摸五分钟，那斯文人已把一叠纸念完，拿去折起插在衣袋里，这才打着他那社会中的通常用语道："今天讲的是害虫类，你们若能留心把这些害虫捕捉或扑灭干净，农作物自然就会免受损失的。但是，虫类中也还有益虫，下一次我再来讲罢！"

说完，他就跳下方桌去，于是我才看清楚他背后山门上还挂有一幅布招牌，写着"通俗讲演所派出员讲演处"。

听讲演的乡人们也散了，走时，有几个人竟彼此问道："这先生说的圣谕，你懂得么？"

"你骂他做舅子的才懂！他满口虫呀虫的，怕不是那卖臭虫药的走方郎中吗？"

那一霎时的情节，我历历在目，所以我说照这样的讲演，才真正有趣啦！

一九二五年四月脱稿

青羊宫

青羊宫在成都西南隅城墙之外，是清朝康熙年间建筑，又培修过几次。据说是道士的元始庙子，虽然赶不上北门外昭觉寺，北门内文殊院，两个和尚的丛林建筑的富丽堂皇，但营造结构，毕竟大方，犹然看得出中古建筑物的遗规。

庙宇也和官署一样，是坐北朝南的。它的大门，正对着一条小小的街道，通出去，是一道五洞大石桥，名曰迎仙桥。这街道即以青羊宫得名，叫做青羊场。虽然很小，却是南门外一个同等重要的米市与活猪市。

青羊宫全体结构是这样的：临着大路，是一对大石狮子。八字红墙，山门三道。进门，一片长方空坝，走完，是二门，门基比山门高一尺多，而修得也要考校些。再进去，又是一片长方空坝，中间是一条石子甬道，两侧有些柏树。再进去，是头殿，殿基有三尺来高，殿是三楹，两头俱有便门。再进去，空坝更大，树木更多，东西俱是配殿；西配殿之西北隅，另一个大院，是当家道士的住处、客堂，以及卖签票的地方。坝子正中，是一座修造得绝精致的八卦亭，亭基有五尺多高，四道石阶上去；全亭除了瓦桶，纯是石头造成，雕工也很不错；亭中供的是一尊坐在板角青牛背上的老子塑像，塑得很有神气。八卦亭之北，就是正殿了，大大的五楹，建在一片六尺来高，全用石条砌就的大月台之上；殿的正中，供了三尊绝大的塑像，传说是光绪初年，培修正殿之后，由一个姓曹的塑匠，一手造成；像是坐着的，那么大，并不打草稿，而各部居然塑得很亭匀，确乎不大容易。据说根据的是《封神榜》，中间是通天教主，上手是太上老君，下手是元始天尊，道士又称之曰三清。殿中左右各摆了一具青铜铸的羊子，有真羊大，形态各殊，而铸工都极精致灵活；道士说是神羊，原本一对，走失了一只，有一只是后来

李劼人与成都

配的，也通了神，设若你身上某一部份疼痛，你只须在神羊的某一部份摸一摸，包你会好，不过要出了功果才灵。但一般古董家却说是南宋贾士道府中的薰炉，因为有一只羊体上有一颗红梅阁记的印章，不过何时流入四川而到青羊宫正殿上来冒充神羊，则无人说得出。正殿之后，空坝不大，别有一座较小的殿，踞在一片较高的月台上，那是观音殿。再由月台两畔抄进去，又是一殿，三楹有楼，楼下是斗姆殿，楼上是玉皇阁，殿基自然更要高点。东西两侧，各有一座三丈来高，人工造就的土台，缭以短垣，升以石阶，台上各有小殿一楹；东曰降生台，西曰得道台。穿过斗姆殿，相去一丈之远，逼着后檐又是一座丈许高的石台。以地势言，算是全庙中的最后处，也是最高处。台上一座高阁，祀的是唐高祖李渊的塑像，这或许是历史所言李渊与老聃有什么关系罢？

二月十五日，说是老子的诞辰。这一天，青羊宫的香火是很盛的，而同时又是农具竹器以及各种实用物件集会交易之期，成都不称赶庙会，只简单称为赶青羊宫，也是从这一天开始，一直要闹到三月初十边。

四乡的人，自然要不远百里而来，买他们要用的东西。城里的人，更喜欢来。不过他们并不像乡下人是安心来买农具竹器的，他们也买东西，却买的是小顽意、字画、玉器、花树等；而他们来此的心情，只在篾棚之下，吃茶吃酒，作春郊游宴的。就是官宦人家世家大族的太太奶奶小姐姑娘们，平日只许与家中男子见面的，在赶青羊宫时节，也可以露出脸来，不但允许陌生的男子赶着看她们，而她们也会偷偷的下死眼来看男子们，城里人之喜欢赶青羊宫，而有时竟要天天来者，这也是一种大原因。

青羊宫之东，一墙之隔，还有一所道士庙子，叫二仙庵。也很宏大，并且比青羊宫幽邃曲折，房屋也要多些。庙门之外，是一带枏木林，再外是一片旱田，每年赶青羊宫时，将二庙之间的土墙挖断，游人们自会从墙缺上来往。

青羊宫这面，是农具竹器字画小饮食集合之所。二仙庵的田里，则是搭篾棚卖茶酒，种花草树木的地方，而庵里便是卖小顽意和玉器之处。

新近有一位由经商起家的姓马的绅士，在二仙庵道士坟之前，临着大路，又修造了一所别墅，小有布置。原为纪念他一个儿子和一个女儿的，因为好名心甚，遂硬派他这两个害痨病夭折的儿女，作为孝儿孝女，花了好多银子，违例谋到一道圣旨，便在门前横跨大路，造就一道石坊，门上也悬了一块匾，题曰双孝祠。平日本可借给人宴会，到赶青羊宫，更是官绅宴集之所了。

此外，在对门河岸侧，还有一个极其小巧的所在，叫百花潭。是前数十年，一个姓黄的学政造作的假古董，也还可以起坐。

（选自《死水微澜》，1936 年 7 月由中华书局初版，题目为编者所加）

李劼人与成都

武侯祠

城里人都相信轿行的计算，说出南门到武侯祠有五里路。其实走起来，连三里都不到。过了南门大桥——也就是万里桥，向右手一拐，是不很长的西巷子，近年来修了些高大街房，警察局制订的街牌便给改了个名字，叫染靛街。出染靛街西口向左，是一条很不像样的街，一多半是烂草房，一少半是偏偏倒倒的矮瓦房，住的是穷人，经营的是鸡毛店。这街更短，不过一两百步便是一道石拱小桥，街名叫凉水井，或许多年前有口井，现在没有了。过石拱桥向左，是劝业道近年才开办的农事试验场。其中很培植了些新品种的蔬菜花草，还有几头费了大事由外国运回做种的美利奴羊。以前还容许游人进去参观，近来换了场长，大加整顿，四周筑了土围墙，大门装上洋式厚木板门扉，门外砖柱上还威武地悬出两块虎头粉牌，写着碗口大的黑字：农场重地，闲人免进。从此，连左近的农民都不能进去，只有坐大轿的官员来，才喊得开门，一年当中官员们也难得来。过石拱桥稍稍向右弯出去，便是通到上川南、下川南去的大路。大路很是弯曲，绕过两个乱坟坡，一下就是无边无际的田亩。同时，一带红墙，墙内郁郁苍苍的丛林山一样耸立在眼面前的，便是武侯祠了。

武侯祠只有在正月初三到初五这三天最热闹。城里游人几乎牵成线地从南门走来。溜溜马不驮米口袋了，被一些十几岁的穿新衣裳的小哥们用钱雇来骑着，拼命地在土路上来往地跑。马蹄把干土蹾蹋起来，就像一条丈把高的灰蒙蒙的悬空尘带。人、轿、叽咕车都在尘带下挤走。庙子里情形倒不这样混乱。有身份的官、绅、商、贾多半在大花园的游廊过厅上吃茶看山茶花。善男信女们是到处在向塑像磕头礼拜，尤其要向诸葛孔明求一匹签，希望得他一点暗示，看看今年行事的运气还好吗，姑娘们的婚姻大事如何，奶奶们的肚子里是不是一个贵子。有许愿的，也有还愿的，几十个道士的一年生活费，全靠诸葛先生的神机妙算。大殿下面甬道两边，是打闹年锣鼓的队伍集合地方，几乎每天总有几十伙队伍，有成年人组成的，但多数是小哥们组成，彼此斗着打，看谁的花样打得翻新，打得利落，小哥们的火气大，成年人的功夫再深也得让一手，不然就要打架，还得受听众的批评，说不懂规矩。娃儿们不管这些，总是一进山门，就向遍地里摆设的临时摊头跑去，吃了凉面，又吃豆花，应景的小春卷、炒花生、红甘蔗、牧马山的窖藏地瓜，吃了这样，又吃那样，还要掷骰子、转糖饼。有些娃儿玩一天，把挂挂钱使完了，还没进过二门。

　　本来是昭烈庙，志书上是这么说的，山门的匾额是这么题的，正殿上的塑像也是刘备、关羽、张飞，两庑上塑的，不用说全是蜀汉时代有名的文臣武将，但凡看过《三国演义》的人，看一眼都认识；一句话说完，设如你的游踪只到正殿，你真不懂得明明是纪念刘备的昭烈庙，怎么会叫做武侯祠？但是你一转过正殿，就知道了。后殿神龛内的庄严塑像是诸葛亮，花格殿门外面和楹柱上悬的联对所咏叹的是诸葛亮，殿内墙壁上嵌的若干块石碑当中，最为人所熟悉的，又有杜甫那首"丞相祠堂何处寻，锦官城外柏森森"的七言律诗，凭这首诗，就确定了这里不是昭烈庙而是诸葛亮的祠堂。话虽如此，但东边墙外一个大坟包仍然是刘备的坟墓惠陵，而诸葛亮的坟墓，到底还远在陕西沔县的定军山中。

　　武侯祠的庙宇和林盘，同北门外的照觉寺比起来，小多了，就连北门内的文殊院，也远远不如。可是它的结构布置，又另具一种风格：一进二门，笔端一条又宽又高的、用砖石砌起的甬道，配着崇宏的正殿，配着宽敞的两庑，配着甬道两边地坝内若干株大柏树，那气象就给人一种又潇洒又肃穆的感觉；转过正殿，几步石阶下去，通过一道不长的引廊，便是更雄伟更庄严的后殿；殿的两隅是飞檐流丹的钟鼓楼；引廊之西，隔一块院坝和几株大树，是一排一明两暗的船房，靠西的飞栏椅外，是一片不大不小、有暗沟与外面小溪相通的荷花池；绕池是游廊，是水榭，是不能登临的琴阁，是用作覆盖大石碑的小轩；隔池塘与船房正对的土墙上，有一道小门，过去可以通到惠陵的小寝殿，不必绕过道士的仓房再由正门进去。就这一片占地不多的去处，由于高高低低几步石阶，由于曲曲折折几道回栏，由于疏疏朗朗几丛花木，和那高峻谨严的殿角檐牙掩映起来，不管你是何等样人，一到这里，都愿意在船房上摆设着的老式八仙方桌跟前坐下来，喝一碗道士卖给你的毛茶，而不愿再到南头的大花园去了。

（选自《大波》。1937年中华书局初版"老版《大波》"，全书分上、中、下三卷，近五十万字；1949年后出版的各种"新版《大波》"，是作者因各种原因所做的重写本，共分四部分，重新写作部分达四十万余字。题目为编者所加）

茶铺

茶铺，这倒是成都城内的特景。全城不知道有多少，平均下来，一条街总有一家。有大有小，小的多半在铺子上，有二十来张桌子；大的或在门道内，或在庙宇内，或在人家祠堂内，或在什么公所内，桌子总在四十张以上。

茶铺，在成都人的生活上具有三种作用。一种是各业交易的市场。货色并不必拿去，只买主卖主走到茶铺里，自有当经纪的来同你们做买卖，说行市；这是有一定的街道，一定的茶铺，差不多还有一定的时间。这种茶铺的数目并不甚多。

一种是集会和评理的场所。不管是固定的神会善会，或是几个人几十个人要商量什么好事歹事的临时约会，大抵都约在一家茶铺里，可以彰明较著的讨论、商议，乃至争执，要说秘密话，只管用内行术语，也没人来管你。假使你们与人有了口角是非，必要分个曲直，争个面子，而又不喜欢打官司，或是作为打官司的初步，那你们尽可邀约些人，自然如韩信将兵，多多益善，——你的对方自然也一样的。——相约到茶铺来。如其有一方势力大点，一方和平点，这理很好评，也很好解决，大家大声武气吵一阵，由所谓中间人两面敷衍一阵，再把和平点的数说一阵，就算和平点输了，却也用不着赔礼道歉，只将两方几桌或十几桌的茶钱一并开消了事。如其两方势均力敌，而都不愿认输，则中间人便也不说话，让你们吵，吵到不能下台，让你们打，打的武器，先之以茶碗，继之以板凳，必待见了血，必待惊动了街坊，怕打出人命，受拖累，而后街差啦，总爷啦，保正啦，才跑了来，才恨住吃亏的一方，先赔茶铺损失。这于是堂倌便忙了，架在楼上的破板凳，也赶快偷搬下来了，藏在柜房桶里的陈年破烂茶碗，也赶快偷拿出来了，如数照赔，如数照赔。所以差不多的茶铺，很高兴常有人来评理，可惜自从警察兴办

李劼人与成都

以来，茶铺少了这项日常收入，而必要如此评理的，也大感动辄被挡在警察局去之寂寞无聊。此首任警察局总办周善培先生最初与人以不便，而最初被骂为周秃子的第一声。

一种是很普遍的中等以下人家的客厅或休息室。不过只限于男性使用，坤道人家也进了茶铺，那与钻烟馆的一样，必不是好货；除非只是去买开水端泡茶的，则不说了。下等人家无所谓会客与休息地方，需要茶铺，也不必说。中等人家，纵然有堂屋，堂屋之中，有桌椅，或者竟有所谓客厅书房，家里也有茶壶茶碗，也有泡茶送茶的什么人，但是都习惯了，客来，顶多说几句话，假使认为是朋友，就必要约你去吃茶。这其间有好处三层。第一层，是可以提高嗓子，无拘无束的畅谈，不管你是家常话，要紧话，或是骂人，或是谈故事，你千万不要顾忌旁人，旁人也断断不顾忌你；因此，一到茶铺门前，便只听见一派绝大的嗡嗡，而夹杂着堂倌绝高的声音大喊："茶来了！……开水来了！……茶钱跟了！……多谢啦！……"第二层，无论春夏秋冬，假使你喜欢打赤膊，你只管脱光，比在人家里自由得多；并且你要剃头，或只是修脸打发辫，有的是待诏，那怕你头屑四溅，短发乱飞，飞溅到别人茶碗里，通不妨事，因为"卫生"这个新名词虽已输入，大家也只是用来取笑罢了；至于把袜子脱下，将脚伸去登在修脚匠的膝头上，这是桌子底下的事，更无碍已。第三层，如其你们无话可说，尽可做自己的事，无事可作，尽可抱着膝头去听隔座人谈论，去静观内内外外的形形色色，较之无聊赖的呆坐家中，既可以消遣辰光，又可以听新闻，广见识，而所谓吃茶，只不过存名而已。

如此好场合，假使花钱多了，自没有人来。而当日的价值：雨前毛尖每碗三文，春茶雀舌每碗四文，然而还可搭毛钱。并且照例没有时间性，先吃两道，可以将茶碗移在桌子中间，向堂倌招呼一声："留着！"隔一二小时，你仍可去吃。只要你灌得，一壶水两壶水满可以的，并且是道道圆。

不过，茶铺都不很干净。不大的黑油面红油脚的高桌子，大都有一层垢腻，脚栓上全是抱膝人踏着的泥污，坐的是窄而轻的高脚板凳。地上千层泥高高低低，有如江面波涛。头上梁桁间，免不了的灰尘与蛛网。茶碗哩，一百个之中，或许有十个是完整的，其余都是千巴万补的碎瓷。而补碗匠的手艺也真高，他能用多种花色不同的破茶碗，并合拢来，不走圆与大的样子，还包你不漏。也有茶船，黄铜皮捶的，又薄又脏。

总而言之，茶铺的好处，在形而上。成都人大多数要留恋它的，大概也具有形而上的精神罢？

（选自《暴风雨前》，1936 年 12 月由中华书局初版，题目为编者所加）

李劼人与成都

从吃茶漫谈重庆的忙
——旅渝随笔

到重庆，第一使成都人惊异的，倒不是山高水险，也不是爬坡上坎，而是一般人的动态，何以会那么急遽？所以，成都人常常批评重庆人，只一句话："翘屁股蚂蚁似的，着着急急地跑来跑去，不晓得忙些啥子！"由是，则可反映出成都人自己的动态，也只一句话："太懒散了！"

懒散近乎"随时随地找舒服"。以坐茶馆为喻罢，成都人坐茶馆，虽与重庆人的理由一样，然而他喜爱的则是矮矮的桌子，矮矮的竹椅——虽不一定是竹椅，总多半是竹椅变化出来，矮而有靠背，可以半躺半坐的坐具——地面不必十分干净，而桌面总可以邋邋遢点而不嫌打脏衣服，如此一下坐下来，身心泰然，所差者，只是长长一声感叹。因此，对于重庆茶馆之一般高方桌、高板凳，光是一看，就深感到一种无言的禁令："此处只为吃茶而设，不许找舒服，混光阴！"

只管说，"抗战期中"，大家都要紧张。不准坐茶馆混光阴，也算是一种革命地"新生活"的理论。但是，理论家坐在沙发上却不曾设想到凡旅居在重庆的人，过的是什么生活呀！斗室之间，地铺纵横，探首窗外，乌烟瘴气，镇日车声，终宵人喊，工作之余，或是等车候船的间隙，难道叫他顶着毒日，时刻到马路上去作无益的体操吗？

我想，富有革命性的理论家，除了设计自己的舒服外，照例是不管这些的。在民国十二年当中，杨子惠先生不是用"杨森说"的标语，普遍激动过坐茶馆的成都人："你们为什么不去工作"，而一般懒人不是也曾反问过："请你拿工作来"吗？软派的革命家劝不了成都人坐茶馆的恶习，于是硬派的革命家却以命令改革过重庆人的脾胃，不许他们坐茶馆，喝四川出产的茶，偏要叫他们去坐花钱过多的咖啡馆，而喝中国不出产必须舶来的咖啡、可可，以及彼时产量并不算多，质地也并不算好的牛奶。

好在"不近人情"的，虽不概如苏老泉①所云"大抵是大奸慝"，然而终久会被"人情"打倒，例如重庆的茶馆：记得民国三十年大轰炸之后，重庆的瓦砾堆中，也曾在如火毒日之下，蓬蓬勃勃兴起过许多新式的矮桌子、矮靠椅的茶馆，使一般逃不了难的居民，尤其一般必须勾留在那里的旅人，深深感觉舒服了一下。不幸硬派的革命下来了，茶馆一律封闭，只许改卖咖啡、可可、牛奶，而喝茶的地方，大约以其太不文明之故，只宜于一般"劣等华人"去适应，因才规定：第一不许在大街上；第二不许超过八张方桌；第三不许有舒适的桌椅。谢谢硬派的"作家"，幸而没有规定：只许站着喝！一碗茶只须五秒钟！

如此"不近人事"的推销西洋生活方式——请记着：那时我们亲爱的美国盟友还没有来哩——其不通之理由，可以不言，好在抗战期间，"命令第一"，你我生活于"革命"之下，早已成了习惯。单说国粹的茶馆，到底不弱，过了一时候，还是侵到大街上了，还是超过了八张方桌，可惜一直未变的，只是一贯乎高桌子、高板凳，犹保存重庆人所必须的紧张意味，就是坐茶馆罢，似乎也不需要像成都人之"找舒服"！

（原载 1946 年 1 月 1 日《新新新闻·柳丝副刊》）

李劼人与成都

------

① 苏老泉：苏洵的号，苏洵是苏轼、苏辙之父。

故乡风物

武侯祠

　　成都武侯祠是祭祀三国时期蜀汉丞相诸葛亮的祠堂，因为诸葛亮生前被封为武乡侯、死后追赠忠武侯而得名。武侯祠原本与蜀汉昭烈帝刘备的陵墓惠陵及昭烈庙相邻，后来惠陵、昭烈庙、武侯祠并为一处。目前武侯祠由刘备、诸葛亮君臣合祀祠庙及惠陵组成，是中国唯一的君臣合祀祠庙，也是中国影响最大的三国遗迹博物馆。

杜甫草堂

　　杜甫草堂在成都城西浣花溪畔，是唐代著名诗人杜甫寓居成都时的故居。唐代安史之乱后，杜甫避乱入蜀，营建了茅草屋自居，称为草堂。在成都草堂期间，杜甫写了大量诗歌，如"万里桥西一草堂，百花潭水即沧浪""清江一曲抱村流，长夏江村事事幽"以及《茅屋为秋风所破歌》等。杜甫离开成都后，草堂不复存在，后五代诗人韦庄入蜀，寻得草堂遗址，重结茅屋，"思其人而成其处"，使之得以保存。

青羊宫

成都青羊宫是一座著名的道教宫观，有"川西第一道观"的美誉。它原名青羊肆，唐代黄巢起义时唐僖宗曾避难于此，遂改名青羊宫，五代时曾改称青羊观，宋代又复名为青羊宫，并延续至今。目前青羊宫内有混元殿、八卦亭、三清殿等著名建筑。

麻婆豆腐

　　麻婆豆腐是川菜的传统名菜，主要的食材有豆腐、牛肉末（也可以用猪肉）、辣椒和花椒等，它的麻来自花椒，辣来自辣椒，这道菜突出了川菜"麻辣"的特点。据传麻婆豆腐始创于清代同治年间，当时在成都万福桥边，有一家"陈兴盛饭铺"，老板娘面上微麻，人称"陈麻婆"，她烹制的豆腐色香味俱全，遂有了"麻婆豆腐"的称号。

抄手

　　抄手是四川的一种特色面食小吃，用薄皮儿包肉馅儿，一般煮熟后带汤食用，四川人喜欢吃辣，有道名吃叫"红油抄手"。大体来说，抄手是一种与北方的馄饨、皖南地区的包袱、江西的清汤、广东的云吞、福建的扁食等相类似的食物。

川剧变脸

川剧变脸是川剧表演的特技之一，用于揭示剧中人物的内心及思想感情的变化，把抽象的情绪和心理状态变成具体形象——脸谱。变脸的手法大体上分为三种："抹脸""吹脸""扯脸"。

"抹脸"是将化妆油彩涂在脸的某一特定部位上，到时用手往脸上一抹，便可变成另外一种脸色。

"吹脸"只适合于粉末状的化妆品，有的是在舞台的地面上摆一个很小的盒子，内装粉末，演员到时做一个伏地的动作时，趁机将脸贴近盒子一吹，粉末扑在脸上，立即变成另一种颜色的脸。

"扯脸"是比较复杂的一种变脸方法，它是事前将脸谱画在一张一张的绸子上，剪好，每张脸谱上都系一把丝线，再一张一张地贴在脸上，丝线系在衣服的某一个顺手而又不引人注目的地方，随着剧情的进展，在舞蹈动作的掩护下，一张一张地将它扯下来。

巴中皮影

巴中皮影是一种戏曲艺术，包括皮影人物制作和皮影戏演出两部分，在巴中民间又称"皮靶靶戏""皮影儿戏"或"灯影儿"。皮影戏的演出是真人在亮子（又称白布档子）上操纵皮人，运用灯光之影，配合真人的道白、唱腔、比画各种动作进行演戏。其演出剧目不受限制，但又以神话戏为主。

图书在版编目（CIP）数据

李劼人与成都 / 李劼人著 . -- 北京 : 朝华出版社，
2018.1（2020.8 重印）

（读给孩子的故乡与童年 / 李怡主编）

ISBN 978-7-5054-4159-0

Ⅰ . ①李… Ⅱ . ①李… Ⅲ . ①小说集－中国－现代②
散文集－中国－现代 Ⅳ . ① I216.2

中国版本图书馆 CIP 数据核字（2017）第 288081 号

李劼人与成都

作　　者	李劼人	导读撰文	胡余龙	
主　　编	李怡	乡音朗读	吴晓恩	
插　　图	于英娣	童声朗读	王鋆泽	

责任编辑　秦霁政

美术编辑　孙艳艳

责任印制　张文东　陆竞赢

出版发行　朝华出版社

社　　址　北京市西城区百万庄大街 24 号　　**邮政编码**　100037

订购电话　（010）68996050　68413840

传　　真　（010）88415258（发行部）

联系版权　zhbq@cipg.org.cn

网　　址　http://zhcb.cipg.org.cn

印　　刷　保定市正大印刷有限公司

经　　销　全国新华书店

开　　本　710mm×1000mm　1/16　　**字　　数**　140 千字

印　　张　10

版　　次　2018 年 1 月第 1 版　2020 年 8 月第 2 次印刷

装　　别　平

书　　号　ISBN 978-7-5054-4159-0

定　　价　34.00 元